참새의 지저귐에 대한 보고서

참새의 지저귐에 대한 보고서

전병조 시집

개미

참새가 아침부터 저녁까지 쉬지 않고 지저귀는 것에 대하여 무슨 의미를 부여하겠느냐마는 지저귀는 것이 속성일진데 그 울음소리를 가만히 듣다보면 아침에 지저귀는 소리가 틀리고 한낮에 지즐대는 소리가 틀리고 또 저녁에 조잘대는 소리가 틀리게도 들린다.

건너편 주유소 주인은 아침마다 참새의 먹이를 흩뿌려준다. 먹이를 향하여 달려드는 참새의 소리 또한 즐겁고 시끄럽다. 온갖 자동차 소리와 개 짖는 소리 물건을 광고하는 확성기 소리 그리고 가끔씩 들려오는 악을 쓰며 서로 싸우는 소리, 그러한 소리들의 아우성 속에서도 참새는 날마다 쨱쨱인다. 슬플 때나 기쁠 때나 피곤할 때도 참새는 쨱쨱이라는 두 마디 소리로서 모든 걸 위로한다.

나의 시도 이와 같지 않나 싶다. 아무리 공을 들여 쓰도 그냥 남의 귀에는 쨱쨱이는 소리로 밖에 들리지 않을.

하지만 쨕쨕이는 소리의 되풀이에도 불구하고 그들의 마당에는 분명 전깃줄 같은 질서와 반짝이는 소통의 아름다움이 내재해 있으리라.

　그렇듯 나의 詩도 되풀이 읽다보면 분명 어떤 질서에 의하여 펼쳐지는 아름다운 지즐거림과 소통의 즐거움을 느낄 수 있으리라.

　그 쨕쨕이는 흐름에 의식을 맡기다 보면.

2021년 여름
전병조

| 차례 |

제2부

소쩍새는 밤에만 운다

제3부

용서의 길

제4부

마음의 우체통

제1부

낙엽 진 공원의 벤치에 앉아
나는 밤새도록 술을 마셨다

낙엽 진 공원의 벤치에 앉아
나는 밤새도록 술을 마셨다

그대 외로울 땐
땀에 젖어 끈끈한 일상의 술잔 위로 비를 뿌려라
어둠이 하늘로부터 내려와 모든 걸 덮어버리는
이 도심의 외곽진 숲속에서
어둠의 일부가 되어버린 나뭇잎 사이로 별빛 하나 반
짝인다

언뜻 눈앞을 스치는 그 무엇이 보인다
그것은 풍경도 아니고 움직이는 그 무엇도 아니었다
어두운 섬 그늘에 그것은
누구나 한번쯤 스쳐야 할 순간이요
변화하는 삶 그 자체였다

군데군데 빛을 내는 섬들의 사이로
과거로 미끄러져 들어가는 기차가 달린다
달리는 기차의 전조등 앞에서
모든 것은 한 자리에 머물 수 없노라고
바람이 윙윙대며 제자리 맴을 돈다

〈

낙엽
우리는 누구나 한 번씩 가슴을 뒤척일 때마다
강이 되어 흐르는 시간의 작은 절망들을 본다
미세한 균열로 이루어진 변화와 진화의 역사
풀잎이 종아리를 걷고 바람에 온몸을 끄덕인다
젖은 생명들의 그윽한 신음소리 속에서
깊숙한 호흡을 가다듬으며 송장메뚜기가 뛴다
멀린 듯 가까이에서 죽음은
가끔씩 자신의 존재를 확인해 본다

쪽배가 미끄러지듯 밤하늘 달이 뜬다
꿈은 말없는 상징 속에서
끊임없이 자신의 존재를 재확인해 보는 현실의 달그림자
황막한 섬 기슭에 달이 차면
따뜻한 밤바람을 등에 지고 가만히 다가오는 희미한
등불 하나
불현듯 〈그것은 그대를 향한 내 그리움의 물결입니다〉
하고
파도가 소리를 지르며 높은 바위벽에 부서진다
거친 바다를 항해하던 소리의 파편들이
내게로 다가와
재생의 시련을 겪고 있는 구조의 뼈아픈 이중분화

파도는 찢겨져 실상 하나가 된다

새벽을 알리는 교회의 종소리가 들린다
그 첨탑에서 울리는 은은한 종소리를 들으며 나는 문득
어둠을 가르며 번득이는
자객이 휘두른 칼보다 더욱 뜨겁고 차가운
그 무엇인가가 등골을 스치며 중추로 스며드는 듯한
섬뜩한 환각에 온몸을 부르르 떤다

어둠의 길고 긴 비늘을 벗기며 태양이 떠오른다
천천히 지평을 가르는 미광 한 자락
도심의 어둠은 아직도 간밤의 환락을 버리지 못한 듯
곳곳에 자신의 존재를 남기며 서서히 시들어 간다

해변을 끼고 도는
낙엽 진 공원의 벤치에 앉아 나는 밤새도록 술을 마셨다
나는 어둠과 함께한 외로운 내가
죽도록 미웠던 것이다

밤의 진실

어둠이 반쯤 내린 산자락 계곡에
망초꽃 무리가 다발로 눈부시다
꽃잎이 웃는다
고독한 밤으로 가는 여울의 길목에 서서
날마다 황폐해져 가는
꽃잎들의 일상
바람이 치통을 앓는다
밤이 유혹을 한다
철새들 고이 잠든 수풀 속
별빛 몇 개 치마를 두른 고독한 산하(山河)
배암이 똬리를 풀 듯
으스스 미끄러져 내리는 끈끈한 섹스에의 유혹

저기 멀리 도심의 한복판에서
불빛이 반짝인다
투명한 세포의 조직처럼 부드러운
그대의 뽀얀 살결
아련한 아픔의 시간들이 지나간다

추위에 길들인 순간의 고독을 이기기 위하여
밤마다 모든 걸 포기해야만 하는
性愛에의 본능적 몸부림
야성의 메마른 통증이
혈관을 통하여 뼛속까지 스며든다

어둠이 살아서 움직인다
어둠이 살아서 포복을 한다
가장 낮은 곳으로부터
가장 높은 곳을 향하여
자신을 이끌어 올리기 위한
어둠이
고개를 들고 능선을 넘어
철조망 통과를 시도한다
야성의 거침없는 돌파력과
지성의 부드러운 포옹력을
동시에 포용하는 밤의 이중성

나의 사랑은 외눈박이다
아니다 오히려 나의 사랑은 청맹과니다
계절이 깊어갈수록 더욱 시려지는 가슴 한쪽
내딛는 걸음마다 하얗게 지워지는
스물두 살 적 피 묻은 비망록들

밤은 모든 걸 집어삼킨다
밤은 어둠 속 개 짖는 소리조차 잠이 들게 한다
끔찍한 밤의 흡입력
나는 잠시
詩적 야성의 본능을 상실한다

뿌연 담배연기 사이로
깊은 신음 끝에 이제 막 고개를 내민
반쯤 눈을 감은 달이 웃는다
음욕에 가득 찬 수줍은 그녀의 눈웃음
멀리 새벽을 알리는 첫차의 기적이 울린다
차가운 철길 위로 하얗게 멀어져 가야만 했던
우리들의 뜨거운 레일의 밤

여인들이여
그대들은 내 詩의 슬픔에 대하여 굳이 반기를 들려 하
지마라
한번 찢어진 북이
다시는 제 목소릴 찾을 수 없듯이
그대들이여
나의 진실은 언제나
그대의 가슴속
가장 섬뜩한 언저리만을 꼬집고 가나니

참새의 지저귐에 대한 보고서

밤꽃 싸한 냄새가 난다. 나뭇잎 사이로
문득 내비치는 달이 드물게 아름답다

사색은 어둠 속에서 더욱 커지는 기차소리를 닮아간다
말없이 덜컹대며 어둠을 꿰뚫고 달려가는 한 줄기 불빛
둘이서 걷다가 한 개가 되어버린 눈 위의 발자국처럼
기차는 한 줄기 불빛을 남기며
과거로 혹은 미래로 치닫는다
과거가 없으면 미래도 없으므로,
참된 미래의 의미는
과거에 바탕을 둔 현실에 존재한다고
참새 쩍쩍 어둠 속에서 재잘댄다

그녀의 몸에서 끈적이는 풀잎의 진액이 묻어난다
그리고 그녀의 말에서 시간은 조각조각 끊어져 나간다
시간을 훔치던 눈물의 의미는 이제
지나간 세대의 이야기들이다
그녀의 이마에서 바람이 인다 잔잔한

나는 눈을 감고
조용히 윙윙대는 바람소리에 온몸을 기대본다
기분 좋은
꿀벌들이 선회하는 소리

도시의 불빛을 받아 흐리게 변해버린 연두빛 하늘 아래
당신은 밤새도록 한 떨기 구름으로 떠 있다
시간의 꼭대기에서 부스스 부셔져 내리는 안개꽃 한
다발
당신이 생각날 때마다 나는
더욱 쓸쓸해진다

달리는 자가용의 불빛에 부딪쳐
가로수가 조용히 실루엣처럼 스러져 지나친다
가로수 등걸에 머리를 기대고
삶은 평범한 일상을 되풀이 하는 것이라고
억양도 없는 젖은 목소리로 당신은 말을 한다

사랑은 이제 그만 하고 싶다
그리고 평범한 일상을 되풀이하면서 얻어지는
조그만 행복에 깃털을 묻고 싶다
그리고 불빛이 돔을 이룬 저 도심의 하늘 아래
그녀가 자유로이 비행할 수 있을 만큼의

아주 조그만 행복의 공간만을 가지고 싶다고
참새는 봄날의 유리창에 대고 입술을 봉긋이고 있다

달력이 주는 의미

공기 중에 배어 있는 그 무엇인가에 의하여
11월의 달력은 떨어져 나간다
흙무덤 위에서
잔디가 몸살을 앓듯 누웠다 일어선다
풀들이 바람을 타고 자꾸만 부풀어 오른다
결코 상대방과의 타협을 불허하는 달력은
항상 나에게
무언가 새로운 의미를 남기며 떨어져 나간다
죽음과 탄생에 대한 다큐멘터리를
그림과 숫자로써 이야기한다

12월의 달력은
나뭇가지 위에서 균형을 잡고 있는
소년의 눈처럼 불안하고 위태하다
내가 누운 방안에서 하늘이 흔들린다
나뭇가지의 눈을 털어내며 그녀는 꽃처럼 일어나 앉는다
달력 속에서 그녀는 소리를 내지 않는다
그저 몸으로만 말을 한다

〈

야생화된 그녀의 몸은
따뜻한 벽난로 앞에서 자꾸만 옷을 벗는다
깎으면 깎을수록 커지는 구멍처럼
저으면 저을수록 불어나는 거품처럼
그녀의 경제(經濟)가 공중에 매달린 채 흔들린다
천장에 집을 지은 거미처럼
눈을 감아도 그것은 거기에 있고
눈을 돌려도 그것은 거기에 있다

그녀가 웃는다
그녀의 웃음은 돌담을 훔쳐보는 살쾡이의 웃음 같다
그녀의 몸에서 봄꽃 향내가 강하게 풍긴다
팽팽하게 당겨진 시간의 종아리에서
봄 불이 일어난다
불꽃은 제 속에서 일어난 연기를 스스로 태우면서
화려한 춤을 춘다

사람들이 들판에 불을 놓는다
그녀의 얼굴 위로 투명한 눈물이 흐른다
그녀의 눈물 너머로 나는 반쯤 감긴 눈을 통하여
죽음과 생명이 혼합된 바로 죽음이 생명이 되는
영원한 不死의 현장을 올려다본다

바로 거기에 그녀의 무덤이 있고
거기서 그녀는 아름답게 누워 있다

그리고 그곳에서 그녀는
누군가가 나를 이해한다고 말하면
또 다른 누군가는 나를 이해하지 못하고 있다는
존재의 영원한 이중성을 알몸을 다하여
나에게 보여준다

어느 알코올 중독자의 죽음

1

남자의 서투른 광기
일탈된 일탈로부터의 자유를 꿈꾸며
나는 현실을 가공한다
고백이 자백으로
자백이 죽음으로 바꾸어지는 떠돌이의 환상

당신들은 나비의 돌연한 부활을 믿는가
사별 이후 홀연히 찾아오는 유혹의 세계
나는 지금 내가 살아 있는 현존의 세계를 거부한다

원시적 생명인 광기의 고향
그는 붉은 산에 묻히고 싶다고 했다
화산이 폭발하고 우주가 팽창하는 원시의 그곳에서
그는 또 다른 생명체로 태어나고 싶다고 했다

오늘도 세상으로부턴 아무런 제안도 들어오지 않는다

'모짜르트 심포니 No.40-3악장'을 들으며 나는
환상의 폭포수 속에서
자백이 고백으로
고백이 자백으로 흐물거리며 새롭게 탄생하는
돌연한 부활의 예감에 사로잡힌다

이제 더 이상 고기가 살 수 없는 어항 속에선
침묵할 수 없는 침묵들이 수초 속을 웅얼거리고
그 침묵의 자궁 속에서
깊은 심연의 원시적 생명들이 지상에 대항하여
끊임없는 시위의 나팔을 불어대는 삶에의 절대적 사투

그리고 꿈을 꾸듯 창틀을 끼고 도는
절망의 자꾸만 겹쳐지는 절망의
동갑내기쯤 되어 보이는 바퀴벌레의 유혹
(빠삐용이 웃는다 '징그러운' 연민에 일그러진 미소)

붕어도 따라 웃는다
십만 년 아니 백만 년을 더 떠돌아다녀야 할 우주공간
을 향하여
절망을 쏘아 올려 희망으로 바꾸려고 하는
저 낚시질 같은 침묵의 시위

2

굳게 닫힌 교문의 쇠창살 사이로
텅 빈 교정을 바라다보아야만 했던 내 이십대 초반
슬픔과 감미로움이 동시에 마음을 사로잡았던 저 젊은
날의 어느 오후
하지만 어느새 마흔의 고개를 훌쩍 넘어
암울한, 시대의 마지막 외투를 걸치고 나는
역사의 어느 지점
갑자기 침몰해버린 전설의 대륙
애틀란타를 아느냐 묻는다 그에게 아니면 그 누구에게
치욕과 공포를 절규하며 조용히 사라져버린 전설의 대륙
애틀란타

또 나는
태양계를 벗어나 앞으로
얼마나 더 많은 날들을 별들과 함께 우주를 떠돌아다
녀야 할지도 모를
파이어니아호의 존재를 아느냐 묻는다
모두가 심연에 존재하는 우주와 해저의 신비
가공할 사별의 이후에나 만나게 될 유혹의 세계
그 심연을 향하여 절망을 쏘아 올려
자꾸만 희망으로 바꾸려고 하는 인간들의 노력

미지에 대한 인간들의 끝없는 욕망
그건 바로 영원이었다
심연으로부터 태어나 심연으로 되돌아가려 하는 인간
들의 염원

3

그는 붉은 산에 묻히고 싶다고 했다
균열과 폭발의 대혼란 속에서
원시적 생명이 꿈틀대며 되살아나는 광기의 고향
날마다 되풀이되는 일탈된 일상으로부터의 자유를 꿈
꾸며 그는
붉은 산에 묻히고 싶다고 했다
그 누구도 해명할 수 없는
오직 죽음으로써만이 해답을 얻을 수 있는
광기의 고향
붉은 산으로……

죽을 때까지 부화되지 못할 알의 껍질을 둘러메고
하늘 높이 올라
그는 붉은 산에 묻히고 싶다고 했다

오늘도 세상으로부턴 아무런 제안도 들어오지 않는다
정각 열두 시를 알리는 사이렌의 중첩되는 사라짐
장례행렬에 이어지는 영구차의 바퀴 자국
조용히 구름으로 나부끼는 나비의 날개
'모짜르트 심포니 No.40-3악장'이 산자락을 흐느끼고
습기 찬 무덤의 풀잎들이
나장조의 율동으로 조용히 누웠다 일어섰다

어느 알코올 중독자의 밤

1

분간이 되지 않는 포연 속으로
문들이 열리고 음악이 흐른다
캄캄한 밤중에 나는 나의 악보를 도청당한다
몰래카메라가 올빼미의 두 눈처럼 화장실에서
지하철에서 혹은 버스 안에서
360도 회전을 하며 거리를 휩쓸고 지나간다

공중전화박스 안에서 수화기를 들면
난 영혼을 도청당하지
참을 수 없는 굴욕으로 점철된 가로수
긴 보도블럭을 따라 알 수 없는 시간들이 흐르고
아름다운 그녀의 목소리에 수신이 되어지는 음욕의 달
그림자
그 그림자가 서서히 벗겨지면서
난 어떤 섬뜩한 빛에 의해 두 눈을 수술당하지

꼬리를 삼켜버린 배암처럼 자꾸만 돌아가는
자꾸만 돌아가며 작아지는 동그라미
꼬리를 삼키고 몸뚱이를 삼키고
대가리를 삼키고 나면
마지막 남은 자신의 자존심은 어떠한 모습으로 삼켜질까

낙엽 진 공원 벤치 위에서 바람이 춤을 춘다
동그랗게 동그랗게 맴을 도는 바람의 왈츠
네가 나의 눈에 뜨이기 전까지 너는 내 앞에 존재하지
않았다
내가 너를 볼 수 없다고 말을 하면
너의 존재는 사라지고 마는 것이다 하지만
광적인 에너지를 지니고 둥글게 둥글게 선회하는 동그
라미
내 몸이 공중에서 저절로 접히고 닫혀지는 기분이 든다

2

한때 굳게 닫힌 정신병동의 쇠창살 사이에서
창백하게 운명을 저주하며 울부짖던 겨울바람이 있었다
자신의 변덕스러움에 스스로 취하여 비틀대며
텅 빈 거리를 울다 가는 바람

〈

그 바람이 이젠 집을 짓는다
적극적인 아름다움을 지니고 언 몸을 웅크린 채
날마다 날마다 꽃잎처럼 술에 타는
도시의 사람들
가슴속에서 지나온 시간들이 뭉개어 진다
그 시간의 소용돌이 속에서
자꾸만 커지며 작아지는 동그라미

흔들리며 흔들리며
나는 항아리 속에 감춰진 시간의 진실들이
과거에 의하여 현실로 도굴당하는
미래의 장면들을 훔쳐본다

폭력과 불안과 공포가 한데 어우러진 굴욕의 밤
나는 안개 낀 가로등 희미한 공원의 숲속을 걷고 있는
어느 알코올 중독자의 밤을 내려다본다
어디선가 문득 불안한 비둘기 겁먹은 눈빛들이
반쯤 시든 꽃잎으로
나를 향해 귀 기울이고 있는 듯한
창백한 죄의식의 밤.

조용한 아침의 나

욕심을 낼수록 마음이 안달이네
마음이 안달이면 울화가 깊어지네

구름이 몰려들고 사방이 암흑이네
먹장구름 속에서 천둥과 번개가 교차하네

세상이 온통 미움뿐이네
미움이 증오되고

증오가 질투가 되어 흙탕물로 얼룩지네
그러던 어느 날 깨달음 하나 있었네

구름이 걷히고 강물이 할퀴고 간 자리

흙더미 털어내며 수줍게 웃고 있는
한 송이 꽃잎을 보았네

순간의 아픔을 이겨내고

영원을 꽃피우는
아침의 미소를 보았네.

풀잎을 스치며 흐르는 시간의 단상들

1

별들의 사이를
소리도 없이 지구가 선회를 하고
그 지구를 중심으로
제각기 떠다니는 우주선의 명멸하는 불빛들이
밤하늘을 오색으로 다 채우며 눈시울에 아롱진다

모두가 잠든 밤
달빛에 낙엽을 밟으며 우수수 바람이 떨어진다
토담 밑 벽을 뚫고 귀뚜라미의 찌느르미 부벼대는 소
리가
칼날처럼 풀잎 위로 솟구친다

미늘처럼 귀를 세운 상현(上弦) 그 아래로
상서로운 풀잎들의 아우성이
마치 영혼을 끌어당기는 저승사자의 옷깃 스치는 소리
처럼

으스스 가슴으로 저려온다

生과 死의 긴 여운으로 다가오는
섬뜩하고도 허허로운
단장조(調)의 조용한 끝마침표

그 여름의 끝을 잡고
어디선가 시간의 단단한 맹세들이
천천히 바람에 날리는 소리가 들린다
깊은 밤 이별을 예고하는 계절의 또 다른 주문(呪文) 소리

뒹구는 풀잎들의 불 꺼진 창가를 뒤로하고 나는
고갤 들어 하늘을 본다
창틀에 잘린 사각의 유리창 너머로
별빛에 흔들리는 작은 그리움 하나
상념에 흔들리며 물빛 오르가즘을 지상에 흩뿌려 놓는다

2

시간은 우리들에게
신의 가장 견고한 축복 속에서 맺어진 사랑이라 할지
라도

한순간 가장 손쉽게 깨어질 수 있다는 사실을 상기시
켜 준다
꽃봉오리는 항상 터지길 기다리고 있음으로
사랑은 항상 터지면서 완성된다

내가
오늘 본 너의 얼굴은
어제 본 너의 얼굴이 아니다
지금 바라고 있는 저 밤하늘의 별들도
어제 본 그 별들이 아니다

비 내리던 여름
내 황토빛 청춘을 빨갛게 달구었던
저 물먹은 대지의 새하얀 함성들도
이제는 메마른 추억의 한 페이지로 우리들 기억의 저
편으로 사라져갔다

그래 이제는 모든 것 다 잊고
홀로 된 방안에 시계가 똑딱인다
일초 전 똑딱이던 그 소리가 아니다
똑딱이던 그 소리가 어느새 떼꺽이는 소음으로
신경을 자극한다

소리의 헌 옷을 시간의 새 옷으로 갈아입는 계절의 눈
아림도
조금씩 퇴색하며 색깔의 분별력을 상실한다
그립다 그리워 찾아간 내 고향
정들대로 정들었던 초가의 골목에서
망각은 기우뚱 렌즈의 촛점을 흐려 놓는다

3

정확히 알 수는 없다
그리고 말할 수도 없다
그러나 나는 기억한다
흐린 망각의 기억 속으로 조용히 떠오르는
색 바랜 사진 한 장
아직도 감광의 인화지에 색인된 채 뜨겁게 타오르는
뚜렷한 사랑 하나

검은 구름이 하얀 물비늘에 밀리며
자꾸만 지나간 여름을 타종(打鐘)한다
그 망각의 타종소리에 아파하며 몸살 앓던 우리의 사
랑에
부디 후회가 없기를

가을은 기도한다

조금씩 깨어지며 조금씩 맑아지는 이명의 타종소리
모든 것 다 버리고 겨울로 걸어간다
사랑도 버리고 미움도 버리고
검붉은 피처럼 엉겨진 이 비린내 나는 세상 다 버리고
눈물만 남은 이 얼음장 같은 세상 휘이휘이 다 휘저어
버리고

샛별만 남은 이 고운 새벽녘
머릿결 곱게 따 올린 청명한 달빛이
초겨울 뜨락에 얼굴을 부비며
마지막 가을을 알리듯
멀리 범종을 울린다.

내가 눈을 감는 건

봐라 아가야
내가 눈을 감는 건
네가 웃기로
나의 눈물이 두려워서가 아니라
너의 눈 속에 나의 눈물이
말라버릴까 두려워함이니라

며칠을 곰곰 생각했습니다
뿌리 깊은 아이들의 손때 묻은 말장난에 서둘러
고개 숙일 당신이 아니란 것도 계산에 넣었습니다
어설픈 목마름에 불꽃 없는 유황물을 들이키고
연옥의 구렁텅이에 거품 물고 나동그라질
당신이 아니란 것도 마음에 두었습니다

번지 없는 주막 길엔 낯모르는 사람들도 많겠지만
어쩌다 동석하여
친구 되어 한평생을 의지하는 장면들도 보았습니다
열매는 맺기 위해 떨리지만

달무리는 벗기 위해 떨립니다
하나는 호기심이지만 둘에는 모험입니다
셋에는 사랑이지만 넷에는 이해입니다

양파의 껍질을 벗기듯
우리의 인생도 하나씩 벗기다 보면
모두가 단세포로 결국 흙 묻은 바람으로
허공을 떠도는 게 우리네 삶입니다
허무주의자의 비장함에서 비롯하여
낙천주의자들의 궁휼한 죽음에 이르기까지
우리는 가진 게 아무것도 없습니다

봐라 아가야
내가 눈을 감는 건
네가 웃기로
나의 눈물이 두려워서가 아니라
너의 눈 속에 나의 눈물이
말라버릴까 두려워함이니라

유년 시절의 냇가를 거닐어 보았습니다
저의 소망보담 조금 큰 버들개지의 봉오리들을 보았습
니다
흐르는 물, 유속과 더불어 피어오르는 무연의 안개 속

에서 저는
　자꾸만 사라져가던 어린 날의 추억들을 보았습니다
　차가운 이른 봄 저는 여기서
　고독한 여인의 잘 익은 입술을 훔쳤던 기억이 납니다

　그 후 저는 더없이 탐스럽고 부드러운 버들이의 눈망
울에
　항시 가슴 조여 살아왔습니다
　내가 알고 있는 사랑을 실천하기보다는
　제가 모르는 미지의 사랑만을 찾아서 헤매었습니다
　가까이에서 빛나는 어머님의 사랑을 보지 못하고
　먼 나라의 신기한 일들만 동경하며 살아왔습니다

　현실은 부단한 자유, 타락한 이방인의 자식들도
　이제는 집을 찾을 권리를 부여받았습니다
　단지 한 모금의 갈증을 해소하기 위한
　가식의 눈물이 아닙니다
　진실로 아버님의 가슴에 용서를 빌고
　관용을 묻는 먼 사랑의 귀로였습니다
　여인이여, 이제 나
　그대 품에 얼굴을 파묻고자
　그리도 먼 길을 달려온 것이 아니었습니다

그대 품에 용해되어
한 줄기 영혼으로 사랑을 노래하기 위함이었습니다
가정이란 크나큰 울타리에
우리 사랑의 보금자리를 꾸미기 위해
저는 그토록 먼 길을 돌아서 달려야만 했던 것입니다
우리들 아버지가 그랬고
우리들 어머니가 그랬던 것처럼
우리도 우리들 아이들을 위해서
한번은 눈물을 흘려주어야만 합니다

어쩐지 서글픈 생각이 드신다구요?
결단코 오해는 마십시오
사랑의 묘약이 모두 달콤한 것은 아니겠지요
하여 뫼비우스의 띠를 휘날리며 사계를 달려가는 인생
빗속을 서성이다 홀로이 돌아서던 아쉬움의 발자국들
가까이 있으면 가까이 있을수록
떨어져 있으면 떨어져 있을수록
더욱더 보고 싶은 그리움의 그림자들

봐라 아가야
내가 눈을 감는 건
네가 웃기로
나의 눈물이 두려워서가 아니라

너의 눈 속에 나의 눈물이
말라버릴까 두려워함이니라

기찻길 옆 가로수 풍경이 있는 길을 걸으며

나는 이제 더 이상 나를 사랑한 사람들을 믿지 않으려다
의미 없이 흥얼대며 뇌까리는 노래 속에서
가시는 항상 내 발등의 가장 민감한 부분만을 노리고
있었고
현실은 언제나 탐욕의 대가를 요구하며
두 눈을 껌벅이고 있었다

나는 지금 기찻길 옆 가로수 풍경이 있는 길을 걷고 있다
땀에 절어 초라해져버린 내 몸뚱이 위로
수세미처럼 기차가 머리를 휩쓸고 지나간다
쭉 뻗은 각선미의 아가씨들을 태운 스포츠카도
바람을 일으키며 먼지로 지나친다

가로수가 늘어선 시골길은 시원해서 좋다
기차길 옆 작은 구멍가게도 운치가 있어 좋다
또 다른 기차 한 대가 내 곁을 바싹 훑으며 지나친다
기차가 멀어져 간 만큼
나의 길도 지평을 따라 아득히 멀어진다

아니다 수평으로 멀어진다
수평으로 멀어지며 물보라가 일어난다
물보라가 일어난 뒤
나의 길은 지평에서 가장 먼 곳으로부터
아지랑이가 피어나듯 더욱 가물해 진다

기차는 지금쯤 몇 개의 정거장을 더 지나치고 있을 것
이다
코스모스가 바람에 누우며 물비늘처럼 일어선다
大地의 유혹에 엇비스듬히 몸을 뉘인 오후의 햇살이
코스모스 꽃잎 위로 점점이 눈부시다
그런 코스모스의 군락을 바라보면서
나는 아직도 저승에 안착하지 못하고 우주를 배회하고
있을
먼저 간 사람들의 혼령들을 생각한다
그리고 저 코스모스들은
아직도 저승에 안착하지 못하고 이승을 떠도는
상처받은 영혼들의 또 다른 모습이란 생각을 해본다

하늘에 안개꽃 무리를 한 구름 몇 점 한가로이 흘러간다
내가 걷는 속도보다도 한 발 앞서 흘러가는 구름들 사
이로
고추잠자리 한 마리가 곡예비행을 펼치며

가을의 운치를 더해간다
그 뒤를 따라 잠자리 몇 마리 더
꼬리에 꼬리를 물고 지평을 향하여 멀어져 간다

멀리서 기차가 다가온다
어쩌면 저 기차는 내가 한 정거장을 도착하기도 전에
내가 걷는 이 길의 마지막까지를 다 돌고 오는지도 모
르겠다
부러운 생각이 들었다 문득 바뀐다

사람만 가득 싣고 의미 없이 달려갔다
의미 없이 재빨리 되돌아오는 저 기차보다는
홀로이 힘들고 고달파도
결코 외롭지 않은 이 길을 택한 것이
가진 것 없어도 결코 부족함이 없는 이 길을 택한 것이
바람과 구름과 새들과 그리고 느끼면 느낄수록 더욱
새로워지는
계절의 눈아림을 오래오래 받아가면서 걷는 이 길을
택한 것이
그리하여 언젠가는 마주할 너의 눈빛 하나 그리워하며
걷고 있는
이 길을 택한 것이
오히려 잘된지도 모른다는 단순한 생각 하나.

그녀, 자신을 명자 아끼꼬 쏘냐라고 소개했다

— 호남선

그 여자
탄력의 법칙에 관계없이
풍경이 흔들리고, 공간이 흔들리고
알 수 없는 유혹 속으로 기차가 퉁겨져나간다

생각 없는 바퀴들이
생각 없는 벌레처럼 궤도 위를 달려가고
바퀴에서 빠져나온 어둠들이
하늘만큼이나 크고 둥근 검은 실타래를 한 움큼씩 뽑아내어
총총한 그물코로 정지된 시간들을 감아올린다

차창엔
스스로가 피곤하여
초라하게 잠이 들은 맥이 빠진 정서 속
타인들과의 덧없는 하룻밤
눈을 감자 문득
정제되지 않은 어둠 속으로

내 몸이 자꾸만 빨려 들어가고 있는 듯한 환각에 사로
잡힌다

바람이 분다, 어둠 속에서
색깔 없는 그림들이 색깔 없이 그려지고
표정 없는 얼굴들이 표정 없이 떠올랐다
하얗게 멀어져 간다

까닭 없이 눈물이 흐른다
잘 익은 오디의 열매처럼
깨알처럼 쓰여지는 알지 못할 아쉬움들
차창 밖으로 아버지의 얼굴이
주검처럼 손등을 훔치며 눈물로 지나친다

갑자기 사는 게 싫어졌다
졸리는 눈꺼풀에
잠을 자는 것조차도

잠시 펜을 놓는다
별빛에 빛나는 영롱한 꿈들을 꾸면서도 항시
매사에 뒤틀리고 어긋나는
이 양철통 같이 찌그러진,
산다는 것의 이율배반적 눈속임 속에서

이젠 입에 바른 순종의 맞춤법 따윈
죽어도 쓰지 않기로 작정을 한다

공중에 매달린 여름이
거미줄처럼 가볍게 그네를 탄다
창밖엔 조금씩 뿌리를 내리며 자신의 영역을 확보해
나가는
어둠의 낱말들이 무거운 눈까풀을 내리누르며
살이 튀듯 끈끈한 핏덩이로 목구멍을 조여온다

동굴에 그려진 벽화처럼
눈물로 흐려지는
그대의
절망에 찬 절대적 쾌감의 신음소리

나는 알 수 없는 두려움에 치를 떨며
온몸으로 눈을 감지. 그리고
알 수 없는 어떤 먼 곳으로부터
자꾸만 타진되어 오는 이명(耳鳴)의 시계 소리
난 갑자기 돌변한 짐승처럼 뚜렷한 근친상간의 충동에
이(齒)를 갈지
이제 막 굿판을 시작하려는 무녀의 자궁처럼

무섭게 팔딱이며 널을 뛰는
오 사막의 갈증 같은 이 섹스에의 목마름이여
말할 수 없었던 말들이 이제는
당당한 욕망의 표현으로 거리를 활보하고
취할 수 없었던 행동들이 이제는
다정한 애정의 표현으로 엉덩이를 쓰다듬는
오 저 달디 단 청춘의 틈바구니 속에서
나는 한 마리 풀 죽은 벌새의 낙화처럼 수반(水盤) 위를
떠다니지

그래, 그때도 어느 여름
내가 아버지의 키만큼 갈대의 숲속에서 무성하게 자랐
을 때
가을을 알리는 자주색 풀꽃
개미취의 꽃잎을 다발로 꺾으면서 나는 생각했다

때론 별종으로 사는 인간들에게도
더론 사람다운 삶을 누릴 수 있는 또 다른 세상을 다오
해풍에 날리는 생선들의 시퍼런 인광, 그것으로
화관도 만들고 별꽃도 만들고 목걸이도 만들어
가락도 흥겨웁게
알로하오에!

하지만 지금 내 앞에 있는 여인은
화관도 아니고 별꽃도 아니고 목걸이도 아닌
그저 죽어가는 벌새의 마지막 신음소리 같은 것
꽃이 꽃이 될 수 없고 벌이 벌이 될 수 없고
나비가 나비가 될 수 없는 창백한 푸른빛
나는 그녀를 위해
별나라에 꽃을 피워 주고 싶었다

아니 이것은
나의 소박한 소망 위에 침을 뱉으시길,
지금 수반 위를 떠다니고 있는 것은
시들은 꽃잎들의 미소
관절마다 젊음을 마디로 꺾어버린,
인고의 바느질로 세월을 꿰어버린
어느 여인의 잔잔한 입술 그 위에

이젠 제발 저를 놓아 주세요
하룻밤 욕정의 꿈을 꾸다
결혼이란 올가미에 발목을 잡혀버린,
물비늘이 그물로 일어서며
청춘을 흘려버린

일상을 버리고, 감옥을 버리고

이제는 시들지 않는, 오 이제는 더 이상 시들 수도 없는
저 척박한 자유의 땅 끝으로

간간히 이어지는 터널의 굉음 속으로
바다가 보이고 하늘이 보이고 별들이 보이고
참을 수 없는 본능을
달리는 열차의 변기통 속으로 세차게 쏟아부으며
그녀, 자신을 명자 아끼꼬 쏘냐라고 소개했다.

빛

당신을 사랑하면 할수록
나는 푸르다
당신의 사랑에 관통된 나는
머나먼 옛적부터
깜박 죽었다 되살아나는 미모사 잎새였다

나는 날마다 죽는다
정말 깜박 죽은 듯싶다가
파르르 되살아난다
당신은 내 생명의 기쁨이요 원천이다
당신 없는 세상 난 상상할 수 없다

내 생명의 우물이자 기쁨인 당신은
오늘도 내 속에 들어와 온몸의 조직을 부풀린다
그동안 나도 몰랐던 원형의 핵심 속에
새로운 세계를 잉태시킨다
때문에 당신으로 인해 나는 날마다 새롭게 태어난다

날마다 새롭게 태어나면서도 또 깜박깜박
죽음의 칼날 앞에 불현듯 노출된다
정말 어떤 땐
내 몸이 작두날 위에서 춤을 추고 있는 듯한 착각에 빠
져든다
무서운 생각이 든다
어쩜 저 날이 선 작두날 위에서의 춤을?

당신의 사랑이 내 몸을 관통할 때마다 나는
어떤 기대에 찬 강렬한 갈증에 온몸을 부풀린다
두려움과 전율 그리고
그 다음에 오는 봄날의 황홀한 소낙비를 맞으며
나는 아찔한 절망의 파득거림으로 온몸을 불사른다

그리고 아찔함의 저 끝
그곳에서 나는 꽃이 된다
당신 향해 활짝 웃는 한 송이 꽃잎으로
당신의 하늘을 우러러본다.

브루클린으로 가는 마지막 기차를 타고

자신의 발보다도 큰 신발을 신고
동화 속 신데렐라를 꿈꾸는 여인
브루클린으로 가는 마지막 기차를 탄다
죽어서 영원한 삶을 얻기 위한 거친 삶의 현장

세상과의 단절을 절감하면서도
시간의 벽을 넘어
재즈가 밥 먹듯이 거리를 흐느끼고
인생이 담벼락의 낙서처럼 뭉뚝뭉뚝 그림으로 그려지는
자욱한 담배연기를 뚫고 솟아오르는 술집의 체취
지하철의 퀴퀴한 냄새
거품처럼 가라앉은 환희의 선율로 슬픔을 가위질하면서
브루클린으로 가는 마지막 기차를 탄다

낙서로 표현되는 힙합 바지와
엉덩이 문화의 눈부신 소용돌이 속에서
몽금포타령과 재즈피아노 헤비메탈이 합쳐진
크로스오버 음악이 용광로처럼 끓어오르는

저 뜨거운 태양이 뜨기까지
쏟아지는 군상들의 흠모와 환호와 선전문구 따위들

슈퍼맨이 날아오르고 원더우먼이 날아오르고
눈을 뜨면 날마다 쏟아지는 화살표와 눈금을 멕인 상
품들
그리고 은밀한 곳을 들여다보게 하는 해부도가
이미지의 반복처럼 등줄기를 관통하고
차가운 이성의 단세포로도 느껴지는 섬뜩한 쾌감이
때론 원시적으로 때론 시적으로 뒤통수를 후려치는
아 저 흠모의 절지로 두 손을 모으는 여인

죽음은 서투른 어린이의 필체로
인간 존재의 종말을 예고하면서
인식의 단단한 경계를 슬쩍 허물어 버린다

갑자기 허전한 공복감이 해마의 수놈처럼
아랫배를 중심으로 뿌리를 내리며 밀려온다
시인과 바람을 피우다 들켜버린 제5원소의 인간들
브루클린으로 가는 마지막 기차를 타고
말할 수 없는 욕망들을 필름에 색칠하며
하늘에 떠 있는 수많은 별들이 결국은 하나로 합쳐질
때까지

나는 졸린다 자꾸만 졸린다
졸음이 온다

브루클린으로 가는 마지막 기차를 타고
브루클린으로 가는 마지막 기차를 타고
브루클린으로 가는 마지막 기차를 타고

이상한 밤의 충동

초록빛 바닷물에 온몸을 담그고
무지개 영롱한 조개의 껍질을 주으면
먼 나라의 수평선과 잔잔한 파도
온갖 새들이 노래를 하고
맑은 햇살이 종일토록 빛을 내는
카프리섬에 한번 가 보고 싶다

지붕 위에서 빗물 떨어지는 소리가 들린다
이상스레 저 홀로 깊어만 가는 밤
사위는 조용하고
나른한 공기의 진동음이 온밤을 깨물며 계속된다
긴 침묵의 시간이 흐른다

나는 무의식 중에 그녀를 의식한다
잔잔한 마늘의 냄새가 그녀의 두 뺨을 가볍게 휩쓸며
지나친다
달아오른 그녀의 눈 속으로
폐수로 시꺼멓게 변해버린 강줄기를 바라보며

나는 내 앞에
어떤 회오리바람이나 폭풍우가 몰아치기를 기대해 본다
하지만 양철지붕을 때리는 빗소리는 여전히 적요 속에
잠잠하다

낡은 유리창 너머로 진화의 들판이 보인다
미나리꽃 제비꽃 하얗게 물든 들판의 한 켠으로
공장의 굴뚝들이 까맣게 치솟는다
지저분한 폐타이어가 쌓여진……
도시의 잔디는 들판의 꽃보다도 예쁘게 잘 자란다

자기 둘레의 딱딱한 껍질 속에서 도시의 꽃들은
이제 더 이상 접시보다 커다란 눈을 하고
세상을 바라다보지 않아도 된다
(밀집된 아파트의 틈새에서 무시로 부화되는 인공의 아이들,
현란한 네온싸인 불야성을 이룬 철근의 숲속에서
날마다 엉덩이가 까발려지는 국적불명의 가스나들)

문득 별이 빛나는 밤하늘 깊은 어둠이 그립다
이제 얼마간은 욕심도 버려야지
에고이즘이란 가스로 꽉 찬 현대인의 머릿속에
아직도 생명의 소중함에 세심한 주의를 기울이고 있는
그녀의 얼굴이 보인다

빨갛게 상기된 스스로를 자학하며
사색에 잠겨 인내하고 있는 도시의 콘크리트들

하늘 먼 곳으로부터
정다운 어둠이 다리를 건너오고
차가운 명상으로부터 언 몸을 일으키며 나는
이상스레 가슴 저 깊은 곳으로부터
뜨거운 무엇인가가 고여 오르는 것을 느꼈다

아, 열대의 태양 속에서 빛을 내는
환상의 파도에 모든 걸 내맡기고
그대와 함께 온밤을 깨물고픈
이상한 밤의 유혹
아, 양철지붕을 두드리는 차가운 빗소리와
죄책감에 사로잡힌 뜨거운 본능들이 온몸을 후려치는
이상한 밤의 유혹.

슬픈 밤의 예고

늦은 밤 창문을 두드리는 소리가 있었다
가벼운 편린(片鱗)의 휘파람 소리가 머리칼을 움켜쥔 채
참을 수 없는 경건한 혐오로 방안을 감싸 안고 흐느낀다

〈선도 싫고 악도 싫다〉
덩치 큰 사람의 부드러운 손이 떠나가는 사람의 뒷덜
미를 애무한다
《내가 서글퍼지는 것은, 그대가 나를 속인 때문이 아
니라
내가 이미 그대를 믿지 못하기 때문이다》

그날 안개에 휩싸인 빌딩 사이로 늙은 노루 한 마리 가
볍게 도살되었다

태초의 낙원에 뱀이 있었다
조물주의 가장 큰 실수는 인간을 가장 혼란하게 함으
로써
얻어지는 권좌의 자리에 자신이 먼저 앉았다는 것이다

〈

　전무후무한 불멸의 사기꾼이면서도
　늑대의 무리를 이끌기 위해 자신이 먼저 늑대가 되어
야 했던
　내가 가장 믿었던 자에 대한 슬픈 불신

　노루가 죽던 그날부터 열풍의 가위질은 시작되었고
　밀집한 빌딩의 밀고 밀리는 생존의 전쟁터에서
　힘없는 사람들 하나둘 도태되어갔다

　그날, 오오 그의 죽음
　나도 내일 떠날지도 모른다는 슬픈 밤의 예고

기차는 구부러진 길을 달린다

수평이다
저 수평의 지평을 향하여
기차는 오늘도 구부러진 길을 달린다

아무런 장애도 없이
기차는
그렇게 구부러진 길을 향하여 달린다

나의 길은 멀고
기차의 길은 더 멀고도 힘들다

항시 직선을 향하여 달려만 온 나의 무게도
가끔은 기차의 구부러진 길을 향하여
무거운 상념을 실어 본다

구부러진 철로를 따라
완만히 역사(驛舍)를 향하여 들어서는 기차의 모습
나도 기차가 되고 싶었다

〈

길이 구부러져도 결코 이탈을 하지 않고
완만히 자기의 길을
끝까지 달리는 기차의 강인함

기차는 오늘도 구부러진 길을 달린다
갖가지 풍경과 수많은 추억들을 창가에 간직한 채
기차는 오늘도 구부러진 길을 향하여 퉁겨져나간다

꿈같은 꽃 같은 아름다움
창틀을 수놓으며
기차는 오늘도 구부러진 철길을 향하여
힘차게 힘차게 바퀴를 내닫는다

봄꿈 사랑이 지나간 자리

어딘지 모르게
새로운 세계로 들어가고 있는 듯한 느낌이 들었다

아주 낯선 곳으로
바람도 없고 빛도 없는 텅 빈
그러면서도 꽉 찬 느낌의 공허 속으로
지금까지 내가 살아온 느낌의 세계들이
하나씩 둘씩 지워져 나가고 있었다

보이지 않는 높은 곳으로부터
보이지 않는 아주 낮은 곳으로
그림자처럼 녹아서 흐르는 나무, 십자가
그리고 흐린 사람의 얼굴

그것은 내가 처음으로 경험하는 추상의 세계였다
　세상에 실재하는 모든 사물들이 움직이는 그림자처럼
보였고
　내 자신이 연기처럼 밤하늘로 증발하는 듯한 느낌에

사로잡혔다

  밤하늘을 명멸하는 수많은 별빛들의 점묘(点渺),
  改宗의 순간이 다가오고 있음을 느꼈다
  빠르게 아주 순간적으로 나는 사랑의 마술에 걸린 것
이다

  우주의 모든 신화가 내 자그만 눈빛 속에서 흥망과 성
쇠를 거듭하고
  아스팔트의 끈끈한 감촉들이 갈수록 은밀한 부분을 향
하여
  자꾸만 스며드는 듯한 촉촉한 느낌의 빛나는 갈등들,
  난 잠시 내가 수만 갈래로 허물을 벗는 듯한 사마귀의
환각에 사로잡혔지

  내 그림자가 학, 나비의 모습으로
  자꾸만 허공으로 날아오르는 습기 찬 계곡의 차가운
환상을 밟으며
  하나의 몸뚱이에서 봄여름 가을 겨울이 동시에 살을
섞는 듯한 느낌의 반복들,
  지나간 여름의 그늘들 사이로 매미가 울었다
  아주 잠깐 사이 그러나 그 공명의 여운은 오래도록 나
의 뇌리에 가물거렸다

〈

봄도 안 된 내 사랑의 뜨락에서 내가 느낀 건
세상사 모든 것이 하나의 그림자에 불과하다는 사실이
었다
사랑도 물 빠진 갯벌 위의 희뿌연 안개와 같다는 것
하지만 아직도 반짝이는, 사금파리처럼 아프게 반짝이며
날카롭게 아려오는 잔잔한 기쁨 하나

그대가 내게서 빠져나간 후

제2부

소쩍새는 밤에만 운다

소쩍새는 밤에만 운다

외면하지 마라
애써 외면하지 마라, 이놈아
한낮을 외면하고 밤에만 우는 새야
위로를 받기보단 먼저 위로를 하고
용서를 받기보단 먼저 용서를 하는
그래서 더욱 위안이 되는
그런 사랑을 해 보아라

부슬부슬 비가 내리는 밤이면
우리는 꿈을 꾸지
원한에 사무친 원망에 목이 메인
그런 장탄식 같은
우리들의 꿈

너는 그러한 우리들의 꿈속을 비웃으며
밤마다 사냥을 서두르지
경계의 눈빛으로 밤하늘 바라보며
가장 낮은 곳으로의 비상을 서두르지

하지만 무언가?

네가 가장 낮은 곳으로부터 가로채 온 포획물들은
올챙이? 피래미? 시궁쥐?
아니면 어린애 코 묻은 돈뭉치 같은 것?
그러한 것들을 되새김하면서 너는 만족의 웃음을 흘리
겠지
꾸르륵꾸르륵 트림을 하면서
밤마다 싸늘한 탐욕의 혓바닥으로
이 땅의 가난한 양심들을 뼈까지 발라 먹겠지

눈이 내리는고나야

눈이 내리는고나야
그리 쓸쓸하지도 않은 순이의 적삼자락
물 긷는 물동이에도 흰 눈이 내리는고나야

고즈넉히 한숨짓는 11월의 다락방
문풍지를 용두질치며 울다가는 바람,
창호지에 옷을 벗는 불빛 타고 흰 눈이 내리는고나야

군고구마 껍질 까던 할머니의 시린 손
아가는 이불깃에 콧물 묻어 잠들었고

하늘 두레박에 몸을 실은 나뭇꾼과
사슴들의 고운 눈가에도야
허연 눈이 내리는고나야

이 땅의 전설처럼
흰 눈이 내리는고나야 흔들리며
흔들리며 잔설이 내리는고나야

내 사랑의 눈물은

거기 하느님
옷도 걸치지 않은 채
푸르른 창공을 맴돌아
가을의 햇살 속으로 빛나는 그대

아슴한 노을의 끄트머리
그대는 바다 되어 잠들었고
달콤한 자장가 소리에
무시로 넘나드는 꿈길

내 님의 뱃노래는
지금 어디쯤에서
노를 젓고 계실까

내 사랑의 눈물은
이 밤도 별이 되어
누구의 가슴을 비추고 계실까

春梅

못났구나 흐드러지게도
하얀 눈발 소복소복 단장한
한겨울 숲속에서나 피었을 걸

대동강의 물줄기 엎어지면 코닿을 데
관악산 마루턱에
눈꽃이나 되어 흩어질 걸

사랑은 시시해
세상에 군자라고 불리우는 이들
운치깨나 앞세우며 고상한 척 떠들지만
벗겨보면 똥보다 못한 것들

봄도 안 된 뜨락에서 나를 꺾던
머슴놈의 사랑보다 못한 것들
우리 한번 껴안아 볼까
껴안아 볼까?

사랑한다는 말은 거짓말
몸으로 가슴으로 부딪치기 전에는 믿을 수 없어
매춘하는 기녀들의 치맛자락만도 못한 것들
우리 한번 껴안아 볼까

껴안아 볼까?
개나리 복사꽃
시간을 훔치는 봄날이 오기 전에 우리
한번 껴안아 볼까
껴안아 볼까?

광주발 군산행 마지막 버스를 타고

그랬구나
어둠이 저렇게 도심의 불빛을 끌어안고
끈질기게 늘어붙는 것은
한 조각
미련 때문이었구나

도로의 물살처럼 떠밀리며 떠내려가는
나뭇잎 닮은 하나의 생각
내가 아직도 어둠을 위하여 선택할 수 있는
단 하나의 생각

끈적한 여름의 각질들을 벗겨내면서
내가 생각해 낼 수 있는
편린된 감정의 수많은 느낌표들

그리고 다시금 도로를 달리기 시작하는
헤드라이트의 불빛을 타고
선명한 각인처럼 떠오르는 산다는 것에 대한

끝없는 의문부호들

사람이 사랑을 얼마나 괴롭히고
사랑이 사람을 얼마나 모질게 만드는가
사랑이 詩를 詩가 사랑을
왜 저리도 목을 메이게 하는가

사람이 사랑을 하게 되면 왜 시인이 되고
시인은 왜 저리도 어두운 곳만을 골라서
사랑의 폭죽을 터뜨리려고 발버둥 치는가
그랬구나

어둠이 저토록 밤을 새워 불꽃을 태우는 건
아직도 못다 한 미련 하나
흐르는 차창에 날리려 함이었구나
바람으로 흐르기 위함이었구나

나 이제 그대를 잊고져
마지막 작별의 인사를 고하기 위함이었구나
잘 가라 내 사랑
그 초라한 통곡의 메아리를
내리는 빗속에 감추고 떠나기 위함이었구나

도시의 참새

컨테이너 박스의 참새는 늘
아파트 베란다의 제비가 부러웠다
깨끗한 환경과 가벼운 도약으로
드높은 창공을 휘저으며
싱싱한 먹이를 낚아채는
제비들의 날개가 부러웠다
사람들의 발길질을 피하여 땅 위를 종종대며
먹다버린 빵부스러기나 쪼아대는
자신들의 신세가 한없이 처량했다
그렇게 참새들은 컨테이너 박스 위에 앉아
제비들을 부러워했다
가을이 가고 겨울이 왔다
멋쟁이 제비들 빈집만 남긴 채
모두들 따뜻한 남쪽을 향하여 휴가를 떠나고 없을 때
참새는 더욱 발목이 시리고 배가 고팠다
그리고 봄이 오고 있던 어느 날
조금씩 컨테이너 박스 사이로
미세한 온기가 스며들기 시작하던 그 어느 봄날,

아파트 봄단장 페인트칠을 하는 인부들에 의하여
제비의 집들이 무참히 허물어지고 있는 모습을 보았다
참새는 차마 끔찍하기도 하였지만
한편으론 위안이 되기도 하였다
초라하지만 안심하고 새끼를 기를 수 있는
자기들만의 집이 있다는 것이
고맙게 생각되기도 하였다

(참새는 모르고 있는 것이다 머지않아 완연한 봄이 되면
제비는 또다시 돌아와 지금보다 더 좋은 새 집을 지을 거란 걸)

때문에 참새는 오늘도 스스로를 위안하며
바쁘게 아침을 쪼아댄다.

먼지의 삶

1

아주 가벼운 먼지
비와 바람과 햇살 속에서도 상처받지 않고
아주 가볍게 부유하는 먼지의 삶을 살 수 있다면
티끌 모아 태산을 만드는
그런 작은 먼지의 치부성을 배울 수만 있다면
숨을 쉴수록 더욱 상쾌해 지는
그런 미세한 분말과 같은
먼지의 치유성을 가질 수 있다면
나 살리라
이 한 몸 가시에 찔려
담벽에 흩어지는 눈꽃의 사랑으로
초라한 겨울을 태우리라

2

골목길을 접어들면
어디선가 바튼 기침을 토하는 사람
퇴색한 양심의 사냥개를 데리고 양짓녘 마룻턱에 걸터
앉아
시간의 나른한 History들을 저울질한다

색바랜 코트의 해진 바느질 틈 사이로
차가운 바람이 스며든다
갑자기 팽창하는 추위의 두터운 얼굴들 사이로
동사무소 공익요원 하나가
공문 고지서를 한 움큼 손에 든 채
햇살 속으로 불쑥 고개를 들이밀다간
꾸벅 인사를 하면서
투명인간의 잔영처럼 시울로 사라져 간다
잠시 의식이 흐려진다
손을 내밀면
금방이라도 아늑한 죽음의 소용돌이 속으로 추락할 것
만 같은
이 타고난 감성의 연약함

나는 이제 더 이상

사냥개의 후각을 신용하지 않는다

갑자기 눈물이 묻어난다
속된 잡것들에 익숙해진 나의 동공 사이로
가벼운 먼지 스며든다
스며들면서 눈꼬물로 흐려진다

참 맑은 하늘이다

3

사랑은
마른 나뭇가지들의 바스락거림과
불타는 연민의 안타까움으로 서서히 다가온다
먼지의 미세한 공명음을 통하여
폐부 깊숙이 스며드는 사랑의 조용한 아카펠라

사냥개 일어선다
사냥개 짖어댄다 쩡쩡쩡
쩡쩡대는 귀 울림 사이로
주인의 신음에 찬 기침소리 허공을 부유하고
아주 작은 먼지의 삶 핏기를 잃는다

〈

우리는 모두가 무엇이 되고 싶어 한다
조그만 것에서 더욱 큰 것을 일구어 내는
먼지의 먼지를 닦아내는
푸르른 하늘이 되고 싶어 한다
그러나 이 땅의 주인은 떠났고
사냥개도 이미 주인을 버려버렸다

절망 뒤의 또 다른 절망

어둠이 달려와
내 목을 조입니다. 추위
들릴 듯 들리지 않는 절망의 솜털들이
털 빠진 장갑 색 바랜 미니스커트 위로
잠시 바람으로 머물다가
무서리로 내려앉습니다

순이는 초조했지요
패트롤카 돌다 간 담벽 아래
순이는 인 몸을 쪼그립니다
알지 못할 눈물 하나
또로롱 떨어져
의식의 뒷통수를 때립니다

어제는 종일토록 굶었지요
굶는 게 서러워서 가까운 양줏집
〈백야〉에서 종일토록 취했습니다
흔들리는 조명등 바람벽에 기대어 서서

밤새도록 울었지요

울다가 지쳐서
다소곳이 눈을 들은 새벽
밤하늘 별들은 총총한데
순이의 사타구니엔
이미
고향으로 돌아 갈
삶의 터전은 사라지고 없었습니다

오르데카의 민중의 봉기

산다는 것이 이렇게도 좁을 줄이야
날마다 헤집고 날마다 이정표를 바꿔 달아야만 하는
청량리 588 실개천 같은 전철을 타고
밤이면 밤, 낮이면 낮
부드럽게 죽이 되는 저것

처녀의 꽁무니엔 어느새 불이 붙었어요
웃으며 짓밟히는 라면땅 오징어포 콘돔 찌꺼기들
비윗장 상하게 아주머니는
새하얀 젖무덤을 부풀리며
제 발을 유혹해요

잠시 내렸다 다시 올라 타세요
벌레 먹은 네 잎 클로버를 천장에 매단 채
여학생은 껌을 씹어요
풍선을 불 때마다 커지는 동그라미
시시한 푼돈이 아니라
통째로 작은 것 한 장이래요

〈

웃으며 돌아눕는 그녀의 하얀 살
결이 나의 눈을 멀게 해요
순찰경관은 회중전등을 들이밀며 숙박계를 뒤적였고
여학생은 저의 귓불을 빼어 물며
다정하게 속삭였지요
"염려마세요, 아저씨!"
"오르데카의 작은 〈민중의 봉기〉일 뿐이에요."

멧도요(갈 곳 없는 삶들에게 부침)

눈물이 맺힌다
어스름 한밤을 낚아채는 조명등
술 취한 축대 아래
돌아갈 수 없는 회전목마
흐린 눈빛이 운다

우수수 바람이 떨어진다
라면봉지처럼 나뒹구는
갈 곳 없는 일상들의 아침
신문지에 젖은 눈빛들이
바람의 허리춤을 잡고 운다

세상에
생존할 자격을 박탈당한 사람들에게 보내어지는
가장 알맞은 선물
그것은 오직 피로 얼룩진 한 장의 유서
꿈은 날마다 새롭게 부서진다

멧도요
우리도 서로 사랑을 하자
세상에서 가장 느리게
세상에서 가장 빠르게
갈 곳이 없어도 뿌리로 뒤엉기는
저 들판의 풀꽃들처럼

멧도요
우리도 이젠 서로 마음을 열자
저기 제방을 깨치고 노도(怒濤)하는 물살의 포효처럼
멧도요
우리도 저렇게 흩어지고 굽이치면서
한 줄기 강물로 흘러보자

IMF 그 이후

누구도 내 꿈을 대신해 줄 순 없다
아직은 가난한 불빛들이
더욱 어둠을 밝히는 세상

밧줄이 필요하다
내 꿈을 대신해 줄
하늘에서 내려지는 단단한 밧줄

사람들의 침묵은
거리의 불빛들을
온통 얼어붙게 만들었다

표적의 방향은 순식간에 틀어지고
길게 늘어뜨린 목젖들 사이로
자꾸만 꿀꺽이던 재기에의 꿈

아무도 우리의 꿈을 대신해 줄 순 없다
티끌만한 삶의 의욕조차도

풀잎처럼 꺾어버리고야 마는
이 쫑지기 같은 세상

바람이 분다
사마귀 앞다리 같은 열사의 모래바람
사람들은
사막의 검불처럼 거리를 뒹굴었다.

허무의 탈

자신의 패배를 깨끗하게 인정하는 자
정진에 정진을 거듭하고
하늘이 높은 줄 아는 자
비로소 세상이 넓은 줄을 안다지만

상하기 쉬운 것이 사람의 가슴이고
인생을 둥글게 사는 것도 다
더 이상 상처 난 가슴으로
살고 싶지 않기 때문이다

물 위에 피어오르는 안개처럼
숲속을 부유하는 햇살처럼
들길에 미소 짓는 풀꽃처럼
잔잔하면서도 말이 없고
말이 없으면서도 제 몫을 다하는 세상에

해 뜨면 사라지는 물욕과 애증의 그림자에 눌려
일생을 허우적거리며 사는 사람

집단을 위하여 목숨을 근저당 잡히는
아직도 의식이 덜 깬 사람

자신의 눈 아래 더 많은 것을 두려고
아둥바둥 더 높이 올라가려는 사람

모두 어쩔 수 없는 허무의 탈을 쓰고
남들이 모르는
감미롭고도 쓸쓸한 고독 하나씩
가슴에 간직하고 산다

나는 너의 죽음이 보고 싶다
— 정치에 관하여

나는 너의 죽음이 보고 싶다
날마다 날아오르는
죽음과 같은 독침들을 피하기 위하여
온몸을 용틀임 대는 너의
그 거머리 같은 욕정 위로
한 조각 차가운 비석을 세우고 싶다

나는 너의 죽음을 보고 싶다
썩은 목의 경동맥으로부터 솟구쳐 오르는
윤리의 황홀한 가소로움 뚜렷이

피의 순환을 멈추고
돌 틈에서 새어나오는 전갈의 눈빛처럼
밤마다 포착되는 너의 이
못마땅한 흐느낌의 정체는 무엇인가

태어날 때부터 누더기가 되어버린 나의 이
영혼의 거추장스러움

품지 못할 알을 품고
한쪽 눈으로만 세상을 바라다보아야만 하는
이 영혼에 씌워진 칼들

나는 너의 죽음이 보고 싶다
이 칼날 같은 잘 짜여진 정치의 틀에서 벗어나
네가 살아 있다는 것이 더 이상 고통스럽지 않을 때까지
우리의 창가에 우리의 가슴에
잔잔한 미소의 바람으로
다시 한 번 다가와 주길 바라고 싶은 것이다

그녀, 위선과 능욕의 바다

사랑하는 여인의 배반은
의외로 빨리 온다
그대들이여. 여인의 약속을 믿지 말라
여인의 눈물에 속지 말라
그녀는 조만간 배반의 술잔을 돌리리니
이성의 작용과는 상관없이
은밀한 본능에 몸부림치며
너는 찢기고
나는 찢어버리는 것으로 만족을 하는 그녀
나는 여기에 그대의 이름을 올리고 싶지는 않다
위험한 관계의 전야처럼
신비로운 젖가슴을 지닌 그대
나는 너의 아름다움을
더 이상 신뢰할 수가 없다
그대와 나의 입술이 합쳐지는 부분에서
그동안 믿었던 나의 모든 희망들은
맥없이 사라져버렸다
예리한 칼날을 지니고

타락한 어린애의 주먹처럼 날아드는
단절된 대화의 답답함
술잔을 앞에 하고
나는 벌컥벌컥
패배의 고즙(苦汁)을 삼켜야만 했다
그녀 눈빛엔
피할 수 없는 젊음의 오만함이
물고기처럼 팽팽한 비늘을 한 채
도도히 물속을 헤엄치고 있었다
지옥의 정령들
순결에 바쳐진 육체의 살점을 먹고사는
위선과 능욕의 바다
개똥벌레가 무덤을 만드는 섹스의 현장에서
그대는 지금 어디를 항해하고 있는가
섹스의 어느 한 순간
갑자기 온몸을 곤두세워 먹이를 낚아채는
사마귀처럼 위험한 위선과 능욕의 바다
나는 날마다
너의 묘비명을 읽는다

역사 그 돌고 도는 풍차빛 깨물림이여

난 달빛 보듬고 하늘을 본다
내가 걸어온 길 한순간 사라진다
어둡고 쓸쓸한 길
거기엔 개들의 달콤한 추억만이 남는다
개들의 어지러운 발자국 사이로
빨간 장밋빛 돋아난다
소름처럼 끼쳐오는
개들의 화려했던 추억의 눈물들이다
기쁨은 한순간의 낙서장
나시 펼쳐 되새김질한다는 건
화장실 뒤처리한 휴지처럼 꾸깃한 절망이다
먼데 닭 울음소리 들린다
철창으로 가는 개들의 마지막
신음소리
밤새 부르튼 입술로 구명을 호소한다

빛나는 여명의 안개 속으로 가을이 찾아온다
계절은 황톳빛 주름살을 일구는 고행의 노동자

조금씩 짙어가는 주름살 속에서
나무는 더욱 더 굵어지며 외로워진다
차가운 달빛에
이슬을 머금은 귀뚜라미가 운다
그들의 튼튼한 뒷다리
파르르 정욕의 파편들이 눈앞을 어지럽힌다
말할 수 없이 야한 성욕의 밤이다
멀린 듯 가까이에서
역사를 깨무는 개들의 절망에 찬 신음소리
일정한 간격으로 야경(夜警)을 돈다

도시의 가로등

도시의 가로등은
도시의 쓰레기들을 보면서 불을 밝힌다
도시의 가로등은
도심의 쓰레기 더미에 묻혀서 긴 밤을 앓는다
밤이 되면 은밀히 쏟아지는 쓰레기 더미에 목숨을 거는
아찔한 정사의 찌꺼기들
도시의 가로등은 눈이 없어도 볼 것 다 보고
귀가 없어도 들을 건 다 듣는다

고양이들이 쓰레기 더미를 뒤진다
패트롤카가 야경을 돈다
저만치 다가오는 패트롤카의 불빛에 놀라
당당하던 동공을 조그맣게 축소시키며 슬그머니
골목길을 돌아가는 고양이의 두 눈,
거리는 온통 도둑고양이들의 천지다
비린내 나는 삶의 현장에서 한 점 거머리의 모습으로
노동의 고혈들을 빨아먹다 들켜버린 고양이들의 천지
도시의 고양이들은 이제

더 이상 패트롤카의 불빛을 두려워하지 않는다

도시의 고양이들은 밤마다 패싸움을 벌인다
질 좋은 쓰레기 야적장을 둘러싸고
밤마다 피가 터지는 고양이들의 패싸움
물고 할퀴고 치고 때리고 깡통이 찌그러지고
서류뭉치가 날아다니고
심지어는 상대방의 명패조차
수류탄이 되어 적군의 이마를 터뜨리는
쓰레기 더미에 목숨을 걸어버린 저
비린내 나는 고양이들의 세상

아침이 되면
사람들이 격분을 하고
청소부들이 비질을 하고
환경미화원들이 고생을 한다
하지만 사람들은 모른다
고양이들이 짓밟고 지나 간 쓰레기 더미의 어마어마한
정체를
그들은 모른다
밤마다 쓰레기 더미에서 파헤쳐지는 엄청난 양의 냄새
들을
그러나 도시의 가로등들은 알고 있다

도시의 가로등은
눈이 없어도 볼 것 다 보고
귀가 없어도 들을 것 다 듣는다.

그 바람

바람이 분다
종일토록 되채이는 모래바람
춤을 춥니다

흔들리는 백사장에 발가벗은 덩어리들
물과 공기와
탄수화물과 이상한 조직의 합성체들

뜨거운 태양 아래 열사의 모래 위에
어허 배 다른 자식 놈들 씨 다른 딸네미들
서로가 뒤엉켜서 고고춤 사이드춤
사이키 종횡무진 환상적인 춤을 춥니다

아름다움이야 어느 하늘 아래
꽃잎처럼 피었다가 유성처럼 져가는 것
우리는 미치도록 춤추는 것

목이 말라 허파에서 뱃속에서

바람이 새는 소리 광희의 신음소리
미친년 방귀 뀌는 소리

소리의 젖꼭지들을 물고서
아래로 아래로만 부는 바람
허이연 모래바람

흔들리는 백사장에 우리들의 눈빛 속에
한 가지 꼭 한 가지
아직도 일지 않는 바람

외로운 섬 그늘에
꽃씨처럼 예쁜 바람
양떼처럼 순한 바람
새악시 초야처럼 정결하고
열일곱 소녀처럼 수줍은 바람

너와 나의 가슴속에 아직도 일지 않는
연민처럼 안타까운 춘삼월 높새바람.

꿈의 국회의사당 앞에서

나의 사랑은 복지부동이다
드넓은 초원은 등고(登高)의 원칙을 무시한다
무시로 넘나드는 공존과 배반의 땅
곧추선 풀잎들이 빛을 낸다
날카롭게 하늘을 향해 곧추서는 부드러운 풀빛

누군가가 말을 한다
추락하는 삶은 꿈보다 더 황홀하다고,
어둠이 풀잎을 문질러 뽀도독뽀도독 소리를 낸다
달빛이 고독한 나그네의 언 뺨을 후려친다
달빛에 서 있는 나그네의 모습은
언제나 사반의 십자가를 닮아있다

묵묵히 지평의 한쪽을 응시하고 있는 산들의 등그림자
그러나 환상의 실체는 보이지 않는다
혹 기억의 저편 어디에서 작은 눈짓으로나마 만날 수
있을까?

멀리 기적이 운다

떠나가는 자와 합류하는 자의 이율배반

정의는 최후까지 살아남는 자의 몫이다

그러나 남의 죽음을 딛고 일어선 자의 정의는 오래가

지 못한다

부정과 축재로 이루어진 부패된 정의

풀잎들이 바람을 타고 조용히 밀려갔다 다시 부풀어

오른다

언제나 말없이 일어서는 풀잎들의 일상

나는 오늘도

붉은 피 다발로 엮여진 역사의 현장에서

은밀히 거래되는

거대한 음모(陰毛)의 한끝을 올려다본다.

그대에게

그대, 방황하지 마라
그대가 어디를 가던
그대 손에 등불 하나 들고 있는 한
그대 눈에 보이는 모든 것은 신이다

그대, 욕망에 안달하지 말라
욕망을 갈구하는 者
스스로 욕망의 늪에 허우적거리다
결국은 죽음의 길을 택하리니

그대, 단순해지거라
모든 것은 그대의 눈 속에 있다
그대가 사물을 어떻게 보는가에 따라
대상의 형태는 수시로 변한다

그대, 허영의 신을 믿지 말라
허영의 신은
편견과 오만과 선입견으로 가득 차

그대의 두 눈을 멀게 할지니,

그대, 허영의 신을 믿느니
차라리 세상을 비통하게 살라
참다운 허무와 영원한 절망의 잠 속에
자신의 모든 것을 내맡겨라

결코 타인을 괴롭히지 않고
자신이 사랑할 수 있는
모든 것을 포용할 수만 있다면
만약 그렇게 살아갈 수만 있다면

그대는
가장 낮은 곳에서
가장 찬란한 꽃잎을 피워 내는
한 송이 연꽃으로 세상을 밝히리라.

검은 꽃(무궁화)

무비 카메라의 느린 동작들처럼
권태로운 여인
붓과 페인트와 휘발성의 합성체
젖빛 유희의 조합

달력에 쓰인 글자들은
장엄한 침묵의 행진을 거듭하고
하룻밤 욕정에 잉태의 능력을 잃어버린
그녀의 주름진 허릿살

바리케이트로 둘러쳐진 철망 속에선
발정난 수사슴들의 안달 난 발기들이
어쩌다 마주친 눈

매웁디 매운 소스에 두 동강이 되어 나뒹구는
포커 스푼 시퍼런 절개들
홍당무와 무우와 오이
그리고 결국은 하나로 뭉칠 수 없었던 우리들의 대화

〈
　창.칼.창.칼 단정한 넥타이에 상대방의 목줄을 노려라
　파고드는 단절음에 날카로운 바늘의 끝
　종이학처럼 굴절된 목을 뒤집고 회색빛 청춘의 춤을
추는
　삼면경 속 희한히 도립된 여인의 몸뚱이

　자 오늘도
　화려한 밀실의 어두운 커텐을 젖히고
　해마다 구름으로 이는 불꽃.

바닷가에서

세속에 흐르지 마라
변한 것은 아무것도 없다
남보다 일찍 피기 시작한 꽃이
남들보다 일찍 시든다고

사랑하고 사랑받는 것이
하루 일기를 쓰듯
어찌 그리 쉬우랴마는
마침 달이 뜬다

달이 묻는다
배는 쏜살같이 달리고
황혼은 엄숙했다
불룩한 젖가슴

그댄 어찌하여
사랑에 목숨을 바치시려 하는가
지나고 나면

썰물이 지나간 자리
질펀한 갯벌과도 같은 것

싱싱한 파도도
바람을 가르던 흰 돛단배도
모두 다 제 갈 길로 돌아간 곳

거기엔
갯벌에 남겨 논 아이들의 흙 묻은 유희만이
남는다, 그리고
흰 뼈를 드러낸 난파선

生苦의 무거운 무게로 항해를 위협하던
거대한 닻, 암초
찢어져 너풀거리는
낡아빠진 그물 쪼가리들

달빛에 물빛이 반짝인다 갯벌 위에
늦게 핀 꽃과 일찍 핀 꽃이 한데 어우러져
달빛을 받는다
변한 것은 아무것도 없다

밀물이 밀려 오고

썰물이 쓸려 가고.

무덤이 있는 풍경

무덤은 산자락에게
바람과 풀잎이 스치는 소리를 귀 기울이게 한다

사람의 생명과 피가 이슬로 걸어 다니는 산자락,
덜컹거리며 산자락을 끼고 오르는 버스를 내려다보며
하늘과 나무와 구름의 바다만이 존재를 하는
신분증 없는 산 자와 죽은 자들이 함께 하는 곳

그곳에서
싸늘한 욕망의 덩어리들에게
진정한 살과 사랑을 느끼게 해주는 너는
관능을 초월한 죽음의 미학 속에서 나를 애무한다

계곡의 급류를 타고 내리는 옹골찬 바람
흐르는 물살에 두 손을 담그고 너
내 힘찬 사랑의 핏줄을 느끼어 보아라

나의 눈에 넘쳐흐르는 근육과 뼈와 부드러운 살갗의

촉감

앉아 있는 꼬리뼈의 말초신경을 타고
그리움은 꿈틀거린다

그리고 너와 나의 몸이 하나로 소통이 될 때
비로소 우리의 대화는 시작된다

붙잡을 수 없는 감각의 두려움
캄캄한 어둠 속을 헤매는 벌레들의 고독을 우리는
결코 운명이라 이름 지어 슬퍼하지 않는다

무덤은 우리들에게 산자락과 균형을 이루며
사람의 생명과 피와 본능이 이슬로 합쳐지는
영원한 존재의 실상을 가르쳐 준다

제3부

용서의 길

용서의 길

문이 열린다
골목이 열리고, 산길이 열리고
냄새가 향기롭다
측백나무 둥치에서 풍겨지는 듯한 향긋한 내음새
쓰지도 않고 달지도 않고 상큼한 너의 입술
도라지꽃 풋풋한 산골의 내음새
삼 세 끼 몽땅 굶어 한꺼번에 굶어버린
내 쓰린 몽상이 헛구역을 한다
〈집은 찾을 곳이 못돼〉
눈물이 앞을 가리며 그녀의 눈
마스카라의 슬픈 역사와 인사를 한다
어둠이 그녀가 불빛과 간통을 하는
은밀한 현장을 목격한다
그녀는 웃고 나는 마시고
술병은 쓰러진다
눈앞에서 번쩍 휘파람이 스쳐간다
멀리서 멀리서
바람처럼 스쳐 가는 휘파람

내가 쓰러지고 그녀가 일어선다
술병이 울면서 간통을 한다
골목이 열리고 산길이 열리고
그녀가 열리기 시작한다
가도 가도 끝이 없는 그녀의 길
우리의 발밑으로
한없이 열리는 그녀의 길
취하고 또 취하고
또 취해서 비틀대면서도
우리는 그 길을 걸어서 가야만 한다

첫사랑 1

아름다웠던 것은
지나친 바람에의 추억

이슬처럼 반짝이던
오월의 어느 하루

인생은 꽃잎처럼 싱싱할 날이
그리 많지도 않다면서

넓다란 초원 위의
나비가 된 그녀

발밑에선 풀잎들이 꺾여지고
나의 젊음은, 역사의 어느 지점

강물 위에 범람하는
부표(浮標)처럼 떠 있었다

첫사랑 2

회상은 물 위를 표류하는
꽃 이파리를 닮았다

웅크린 겨울 따사한 봄날 그리고 어느 날
한없이 뭉텅대며 추락을 거듭하던,
계곡의 거친 물살과 떨어지는 폭포를 지나
조금은 잔잔한 수면 위를 부유하는
한 송이 꽃잎

미소가 떠오르지?
쓰디 쓴 웃음과 체념이 담긴 공허한 미소 하나
아, 나는 그때 왜 그리도 어리석었던가
사랑 하나 입에 물고 목숨을 걸었던 철부지 지난 시절

하지만 그때는 그것이 나의 전부였지.
잘 익은 오디의 빛깔처럼 빨간빛 까맣게 멍이 들도록
나는 한 여인만을 사랑했어

그 사람 지금은 떠났지만
나 아닌 또 다른 사람의 사랑에
까만 빛 하얗게 시들어 가고 있지만
그때의 그보다 더 진한 사랑 또다시 찾을 수 있을까
그보다 더 깊은 사랑 또다시 만날 수 있을까

잔잔한 수면에 파문이 일면
꽃잎은 흩어져 나에게 말하지요
꽃 피는 봄날에 다시금 뵈옵자구요
지금은 우리 웃으며 헤어져 있어야만 한다구요

첫사랑 바닷가

아는가 그대는
바닷가 그 언덕
달빛에 춤을 추던 소라의 노랫소리

파도는 끝없이 부대끼며
언덕을 태질하고
첫사랑 바닷가

그 바위 그늘 아래
소녀는 울고 있었네

꽃송이 분분히 바다로 흩날리며
전(全) 생의 처음이자 마지막인
사랑의 詩를 쓰고 있네

아픔인지 기쁨인지
물안개 몰려드네

눈처럼 희디흰 젖가슴
달빛만 몽롱했네

낮달 1

조금만 더 너를 껴안고 싶었다
햇살에 반사된 물빛 사이로
갈매기 한 마리 비스듬히 제방 위를 나른다
제방 위엔 오늘 아침
어부의 그물에 걸려 육지로 올라온 생선의 내장이
햇볕에 타닥이며 빗살로 튀어 오르고 있다
갈매기의 눈은 지금
그 검붉은 내장을 향하여 나르고 있을 것이다
무한히 깨끗하고 순수한 한낮의 정경 속에서
죽음은 아직도 우리들 속에서 살아 숨 쉬는 듯한
느낌의 풍경들이다

지난해 제방을 쌓기 위해 깎아내린 낮은 산등성이 위에
겨우 잔디만 걸친 채 매달려 있는 무덤 곁으로
백일홍 하나가 바람에 출렁이며 춤을 춘다
그 무덤은 아마 花無十日紅
짧게 살다 간 어느 여인의 한많은 무덤이리라
나무와 풀은 죽어서도 자기가 태어난 곳을 떠나지 않

는다
 떠나지 않고 머물러 머물러 있으면서
 하늘엔 한 송이 구름이 떠간다
 구름 한 켠으로
 희고 가녀린 낮달 하나 애써 깨금딛기를 해 가며 홀로
떠간다

 저 달은 아마
 죽어서도 이승을 떠나지 못하는 너의 넋인지도 모르겠다
 밤이 가고 태양이 떠도 여전히
 허허공중에 넋을 매단 채 홀로 떠가는 너
 너의 길은
 끝남도 마지막도 없는
 다만 구부러진 길의 한 모퉁이를 돌고 있을 뿐
 죽음이 죽음일 수 없고 아픔이 아픔일 수 없는
 저 불멸의 세계에서 너는
 오늘도 어렴풋 살빛 낮달로 찾아와 내 속에 머문다.

낮달 2

당신이 떠날 때까지
마냥
가슴으로만 머물다 말았습니다

손끝을 스쳐간 기억들 하나하나
눈앞에 어리는 풍경들 구석구석
모두가
가슴으로만 설레이다 떠났습니다

길옆을 흐르는 얇은 개울에
발 담그고 손 씻다가
문득 떠오르는 그대의 모습에
가슴만 빠뜨리고 돌아서던 때도 있었습니다

몇 밤을 지새우며 울다가
텅 빈 가슴
원망만을 채우고 돌아서던 때도 있었습니다

태양이 떠도 여전히
나만을 위하여 웃고 있는
그대의 영상 하나
오늘도 하얗게 하늘을 품습니다.

서설*

사랑하기 위하여
사랑하기 위하여

사랑받기 위하여
사랑받기 위하여

수많은 노래를 눈물로 썼다간 지우고
썼다간 지우고

얼마나 많은 가슴으로 자유를 부채(負債) 당하고
자유를 부채 당하고

모든 것이 허망해라

밤마다 찾아드는
거미줄 같은 외로움을 몸부림치며
몸부림치며

죽음에 입 맞추는 작은 절망들
죽음에 입 맞추는 눈부신 은(銀) 꽃송이들.

*서설(瑞雪) : 햇살이 빛나는 중에 내리는 눈으로 땅 위에 닿자마자 녹아버리는 눈.

초겨울 뜨락에 서서

초겨울
조그만 들국화 꽃잎 하나
서리를 머금고 뜨락에 누웠습니다

간밤에 바람이 불었는지
어디 저 먼 곳으로부터
아픈 길 달렸을까요

서리 맞아
함초롬한 들국화 꽃잎 하나에
왠지 모를 안타까운 연민 하나
눈시울을 적시는 것은 왜일까요

망아지는 맞아야만 달린다며
제 연약한 종아리에
회초리를 들이대며
눈물의 심지를 돋우시던 어머님

아직은 늦가을 햇볕이 채 가시지 않은
초겨울 뜨락에 서서
어릴 적 회초리보다도 더욱 깊던
당신의 물기 어린 눈망울을 호흡해 봅니다.

서울의 반추

다방 안에서 버스 안에서
혹은 길을 가다가
어디서건 만나는 그 이
나는 오늘 처음으로 그에게 인사를 보냈다

녹슨 유리창에 이끼 낀 하늘
무어라 말할까
그의 눈은 언제나 노랗게 물감이 칠해져 있었다
무어라 말할까
망설이다 고개만 숙여버린 인사

오오 답례하는 그의 인사는 받고 싶지 않아
너무도 친숙하여
이제는 타성(他性)처럼 굳어버린 그의 역사
대낮에도 두 눈을 가리고
어둠의 단편만을 반추(反芻)하는 회색빛 오수(午睡)

하루에도 골백번이나 되새김질하다가도

잠이 들면 까맣게 잊혀져가는
우리들 가난한 꿈
이브여 크리스마스여 연말이여
안녕 안녕 부디 안녕히.

동심요 童心謠

봄빛 따사히
동심의 뒤안길을 서성일 때면

풀꽃 한 줌
바람이 되어
언덕을 넘는다

언덕 너머 바다어귀
물방개 소금쟁이

깨 벗은 아이들
함께 놀던 곳

솔밭 사이
백사장 흰 모래알은

등교하는 여학생
흰 목덜미보다

〈
더욱 눈이 부시고
아름다웠었다.

悲歌가 되어 내리는 길

내가 걷는 이 길은
한 사람이 외로워
한 사람을 그리며
외길로 뻗어가는 길

내가 걷는 이 길은
새벽안개 등에 지고
둥글게 둥글게 하늘로
말려서 오르는 길

찾는 이 하도 없어
가랑잎 무성히
숲으로 흐르는 길

나무는 바람에
젖은 알몸을 흐느끼고
산비둘기 무리무리
떼를 지어 짝을 찾아 가는 길

〈

내가 걷는 이 길은
한 사람이 외로워
한 사람을 그리다가
무지개로 흐르는 길

부는 바람에 가슴 빠뜨리고
마른 잎 하늘로 하늘로
끝없이 되돌아가는 길.

소낙비 소리

빗줄기는
창틀을 노래하고
처마를 노래하고
들로 산으로
수풀을 누비며 나무를 노래하고
강물을 노래하고
대지를 노래하고 하늘까지 노래해
아아 검붉은 황톳길
내 영혼의 뿌리까지도 노래를 해
빗소리의 웅장한 교향악을 들으며
이 밤
나는 어머님의 양수 속으로 되돌아가
아늑한 원시의 그곳에서
원초적 체위로 잠을 자
빗소리의 자장가를 들으며 나는
한없이 편안해져
적멸의 무궁한 소용돌이 속에서
선과 악, 정과 사

모든 경계의 철조망을 뛰어넘어
우주마저 침몰시킬 듯한
저 웅장한 비의 교향악
빗소리를 들으면
내 몸은 흘러가네
내 몸은 사라지네
아늑한 원시의 그곳으로
통째로 빨려 드네
소낙비 소낙비 빗소리의 자장가를 들으며
내 몸은 어느새 내가 태어난 그곳
심연의 고향으로 되돌아가
끝없는 銀河의 꿈을 꾸네.

꽃상여

이렇게도 좋은 음악
눈감아도 소쩍
햇살의 떨림에 기타소리
캐러반의 모자 위에 울다가는 바람

소리 없이 소리 없이
망우리
죽창을 둘러메고
북망산 자갈길은 어디

쑥대풀에 머리 풀고
밤이슬에 젖어버린 담장 위의 시간들이 어디
몸 풀 자리 둘러보다

서러라
달무리야
밤이슬에 젖은 사랑

최고급 포도주에 피 묻은 살점 하나
은빛 서늘한 기쁨 아래
꽃.점.꽃.점 점점
그림자로 멀어진다.

붙어있음의 美學

이
얼마나 아름답노
사랑하기 이전부터
헤어지는 습성을 알아버린
슬픔
말고

나
당신 사랑하기에
당신 고통
내가 다
감수할게
하며
웃는 너의 모습,

나
죽어

너의
발톱 밑의 때
영원히 지지 않을
붙어있음의
굳은 때
되어 줄게.

사랑은 강물처럼

창가에 비 내리면
촉촉한 내 님의 눈가에 궂은 비 내리면
차가운 바람꽃
비로소 꽃술을 부풀리네

먼 바다 파도소리
새하얀 조개의 노랫소리
그리워 다시금 그리워
나 또한 꽃잎술 부풀리고 두 귀를 기울이네

뜨거운 내 님의 노랫소리
다시금 그리워
사랑은 강물처럼
또 그렇게 바다로 흘러가네.

나의 빈집

누군가가 그리울 땐
거리를 거닌다
거리로 나아가
수많은 사람들과 함께한다
그러면 조금 덜 외로워지리라
혼자서 생각을 해 본다

한 잔 술을 앞에 하고
낯모르는 사람들과 동석도 해 본다
이끼 낀 눈망울을 들어
서로의 심중을 토로도 해 본다

가끔은 정거장에도 가본다
가지도 않을 행선지를 찾아서
열심히 시간표도 들여다본다
떠나는 사람과 보내는 사람들을
물끄러미 바라다보면서
나는 지금 어떤 표정으로 그들을

떠나보내고 있는 것일까

그렇게 하루를 보내다
마지막 열차의 출발을 알리는 방송 소리를 들으며
오늘도 나는 나의 빈집으로 되돌아온다

무엇으로도 채울 수 없는 나의 빈집
매캐한 담배연기와 흐린 기억의 단편들 사이로
여전히 점멸을 계속하는 형광불빛의 미세한 떨림들
돌아눕는 나의 등 뒤로
길고도 낮은 휘파람 소리 들린다.

사랑의 전봇대

사랑은 기다림이 아니었구나
내 청춘의 전봇대를 거리에 세워 두고
물끄러미 그대를 바라만 보는 것은
결코 사랑을 하는 사람의 자세가 아니었구나

오늘도 매운 바람이
칼날처럼 거리를 휩쓸어 가고
전깃줄에 앉은 참새 몇 마리
먼 옛적 포수와 조상에 얽힌 무용담을 재잘대다
후두둑 흐린 하늘로 날아오른다

"글쎄 사랑은 기다림이 아니라
먼저 접근하는 것이라며?"
"아냐 사랑은 쟁취하는 것이야."
"아냐 그래도 나는 기다림이라 말하고 싶어.
내 모든 것 아낌없이 내어 주고
그 사람 내게로 올 때까지의 긴긴 기다림."

사랑은 기다림이 아니었구나
사랑은 쟁취를 하는 것도 줄다리기를 하는 것도 아니
었구나
사랑은 내가 먼저
내 청춘의 전봇대를 비스듬히 기울여 주는 것이었구나
그 사람 내 곁에 기대어
영원히 머물다 가시라고.

하나 됨을 위하여

이렇게 늘어지게 좋은 날에는
혼자이고 싶다
혼자이어서 마음껏 그대를 불러보고 싶다

시간을 흉내 내는 계절의 눈빛을 빌려
온몸으로 그대를 껴안고 싶다

어디 통곡의 숨소리조차 정겨운
불면의 밤을 갖고 싶다

그대의 모든 것 다 떠나고 나 혼자 남게 되는 날
그대의 가슴속 활활 타오르다 빗살처럼 내리 꽂히는
한 줄기 유성으로 밤하늘을 긋고 싶었다

그대의 어깨 위에 내 초라한 손을 얹고
다가올 밤의 긴긴 환상을 들려주고 싶었다

어디선지 모르게 밤으로 떠나가는

모든 생명의 신음소리가 들린다

우린 이제 헤어져 보아야 한다
헤어지면서 하나가 되어야 한다

하나가 되기 위하여 너와 나
오늘은 따로이 길을 가야만 한다

폭력

스물한 살의 젊은이가
스스로의 몸에 불을 질렀다
폭력에 저항하기 위하여
자신의 청춘을 맹렬히 불살랐다

〈간디〉의 무저항 비폭력주의를 외치며
분신도 모자라 몇 층 높이의 옥상에서 뛰어내렸다

그날 밤 대학생을 둔 옆집 아주머니는
가슴이 떨려 도저히 못 있겠다며
우리집에서 내내 이야기를 하다 갔다

폭력에 저항하기 위하여
아들은
어머니의 가슴에 끝내
풀지 못할 무지한 폭력을 행사한 것이었다.

어느 딱정벌레의 작은 사랑얘기 7

노란 국화꽃을 화병에 꽂으면
왠지 마음이 서러워진다 그리워진다
옛 친구의 얼굴 같기도 한 노란 들국화
왠지 섬뜩한 긴장감이 느껴진다

하늘이 노랗다 희미해진다
김이 오르는 푸른 찻잔의 커피 향 속으로
문득 그녀의 미소가
조용한 잠자리의 형태로 떠올랐다 사라진다

눈물이 흐른다
가만히 귀 기울이면
언제나 푸르른 그녀의 하얀 묵시(默示)
그 침묵의 하얀 묵시 속으로
그녀에 대한 뜨거운 열정이 죽음처럼 뇌리를 스치고
지나간다

객담이 나온다

온몸의 조직세포가 부서져 나오는 듯
폐포의 식균세포가 공장의 기계 돌아가는 소음처럼
그르릉 소리를 질러댄다

물 위에 물감을 풀어놓은 듯
검붉은 내장을 드러낸 채 피어있는 한 떨기 들국화
화병의 꽃들이
후덥지근한 방안의 공기에 의해 시들어가고 있다

그녀의 마음은 이제
구부러진 철사의 한 끝처럼 날카로와
다시 펴기가 힘들다

가을엔 갯가의 비릿한 포구 내음이 어울린다
농익은 바람 아래
파도의 끝을 잡고 길 떠나는 어부의 이별자락

내가
그대의 이별에 대하여 침묵을 일관하는 것은
단지 시끄럽게 떠들어대는 세상에 대하여
나 자신 조금이라도 상처를 덜 받기 위함인 것이다.

어느 딱정벌레의 작은 사랑얘기 8
― 절망의 나뭇가지

사랑을 할 때는
누구나 꿀물 한 모금씩
입술에 묻히고 살지
향기로운 말만을 골라서 냄새를 맡지

그 향기로운 입술에 취해 종일을 비틀대다가
어느 날 문득 먼 산을 바라보면
싸늘한 바람
코끝을 스치는 가을의 미소

우리는 모두가
절망을 향하여 나무에 올라앉은
한 마리 재빠른 다람쥐와 같지

더우기 우리의 절망엔
내려가는 나뭇가지가 없지
오직 추락하는 승강기의 긴 마찰음만
마음을 어지럽힐 뿐

〈

여러분들은
저 절망의 나뭇가지에
몇 번이나 올라 보셨나요

먼빛 가을의 쓸쓸함이 다가오는 이즈음
당신 절망의 나무의 높이는 얼마 만큼입니까?

어느 딱정벌레의 작은 사랑얘기 9

누구나 여행을 떠날 때에는
극적인 만남을 꿈꾸며 대문을 나서지

추운 겨울날
차창을 두드리는 바람처럼
영롱하게 혹은 아픔처럼 가슴에 와닿는
황홀한 전율

우린 온몸으로 무의식의 세계에
마음을 빼앗기지

그 미래에의 꿈들이 어느 날 문득
현실로 다가와 우리 앞을 서성일 때
우리는 한없는 당혹함에 마음을 아파하지

피곤한 얼굴 위로 겹쳐지는
자꾸만 겹쳐지며 하나로 흐려지는
뚜렷한 상처 하나

〈
회복은 더디고 봄날은 빨리 오지

그리고 봄이 오고 있는 어느 날
그대는 영영 돌아오지 않았지.

송어의 꿈

창밖에 눈 내린다
참 고운 눈
오솔풋 내리다 고즈넉이 스며드는
순이의 옷섶 사이,
수많은 온기를 지니고도
바람에 흩어지는 남모를 상념 하나
부끄러워 못내 부끄러워
화들짝 옷깃을 여며보는
순이의 소맷자락
물레는 돌지요 빙빙
살아갈 날들이 살아온 날들보다
더욱 아득하여
삼아도 삼아도 끝이 보이지 않는
무지개빛 송어의 꿈.

제4부

마음의 우체통

마음의 우체통

사랑을 하는 사람들은
날마다 마음의 우체통을 열어 본다
오늘은 어떤 사연들이
나를 기다리고 있을까

사랑을 하는 사람들은
날마다 무지개 편지를 쓴다

손 모아 기도를 드리듯
또박또박 순정의 잉크방울로
마음의 편지지를 물들인다

발신인이 없어도
수취인이 없어도
사랑을 하는 사람들은
말없이 말없이 편지를 주고받는다

그대 영혼을 울리는

그대 귓전을 맴도는
사랑한다는 그 말

사랑을 하는 사람들은
날마다 편지를 쓰고
날마다 마음의 우체통을 열어 본다.

들판에서

사람이 살아가면서 하고 싶은 것
때로는 버리고
갖기 싫은 것 더러는 취하며 살아야 한다
모든 것 주고도
후회 없는 사랑을 하여야 한다

바이올린의 공명처럼
온몸으로 흐느끼고
온몸으로 기뻐하여야 한다

무릎 꿇고
주어지는 것에 무조건 복종만 하는
방종된 사랑을 경계하여야 한다

마음의 불을 켜고
현실의 결과를 냉정히 되새겨 보아야 한다

해오라기 한가로이 송사리 떼를 쫓는

저 들판을 보라
얼마나 정직한 삶에의 기도인가

나에게 죽임을 다오

모든 것 죽이고
한때는 사랑했던 것
한때는 미워했던 것 모두 다 죽이고

끊임없이 들려오는
내면의 목소리에 귀 기울이며
경건(敬虔)한 기쁨으로 당신을 맞이하고 싶다.

달빛 흐르다

야윈 나뭇가지 사이로
달빛 흐르다
밤의 적요는 죽음보다 쓸쓸하다

풀밭 사이를 흐르는 바람은
지금 무얼 생각하고 있을까

추웁다
내가 걸어온 성숙의 생각들이
메마른 산하를 가로질러
달빛에 젖어든다

운명은
결코 멈출 수 없는 회전목마
돌아도 돌아도 처음 탄 목마 위에 엉덩이를 걸치고
끝없는 원심의 반복운동을 되풀이한다

두렵다

살아온 날들에 비하여
앞으로 다가올 얼마 남지 않은
내 차가운 계절의 모습들이

들판에 서 있는 초라한 고목나무
마른기침 가슴에 보듬고
오늘도 달빛 함께 이슬로 흐른다

행복은

남을 위해 산다는 것
행복은 모든 사람들의 사랑 속에 있다는 것
아무리 길어도 영원한 공간 속의
한 조각 시간에 지나지 않는 삶을 붙들고
아둥바둥 산다는 것

어둠 속에서
나는 너와의 거리를 잰다
거리를 재고 무게를 측정한다
그리고 사랑을 한다
나는 알고 있다
행복을 찾는 사람들의 사랑을

몇 세기가 흘러간다
또 어둠 속에서
나는 너와의 거리를 잰다
거리를 재고 무게를 측정한다
성분을 조사하고

성분의 달콤한 면만을 골라 맛을 본다
그리고 또 사랑을 한다

진화의 역사는 많은 걸 가르쳐 준다
잘 못 자란 가지들을 벌채해 준다
몇 세기가 또 흘러간다
그러나 너와 나의 사랑은
아직도 어둠 속의 한 곳만 응시할 뿐
껍질 속에 갇힌 채 똑같은 자세로 남아 있다
결국 너와 나의 사랑에 진화는 일어나지 않는다

나는 알고 있다
행복을 찾는 사람들의 사랑을
행복은 모든 사람들의 사랑 속에 있다는 것

바람이 분다
높은 곳으로부터
히말리아시타의 쭉 뻗은 줄기가
바람에 흔들린다.

봉숭아

고독이 깃든
제3의 발자국
담을 넘어 비스듬히 혀를 깨무는
처연한 달그림자

모든 것 다 버리고
말없이 돌아눕는
우리들 고독한 청춘의
끝없는 눈물의 파노라마

굴절된 시각 속에서 자꾸만
쪼개지며 세분화 되어 가고 있는
거대한 빌딩의 숲속을 빠져나가기 위하여
철저하게 스스로를 파괴시키고야 마는

봉숭아
자꾸만 멀어지는 의식의 밑둥아릴 붙잡고
운다 투명한 백반의 귀퉁이로부터

조금씩 조금씩 붉어지던 사랑
시린 손끝의 아득한 기억으로.

사랑은 비를 타고 온다

하늘이 붉습니다
눈시울을 아프게 때리는 빗줄기 하나
제 의식의 후두엽을 강타합니다

풀잎을 후두둑거리는 저 소리
내 갈망의 가장 깊은 곳에서 후두둑거리는
저 소리, 소리가 소리가 나를 울립니다

그대가 보고플 땐 빗소리를 듣습니다
기억의 저편으로 자꾸만 멀어져 가는 당신의 노랫소리
하얗게 부셔지는 파도의 신음소리

지는 해안의 모래톱에 육신을 눕힙니다
아득히 밀려왔다 쓸려가는 꿈의 낭떠러지에 매달려
당신을 찾습니다

빗소리가 빗소리가 당신을 부릅니다
빗소리가 빗소리가 제 몸을 때립니다

〈

당신은 비를 타고 내립니다
제 절망의 가장 깊은 곳, 불같은 화심(花心)을 애태우며
차가운 빗줄기로 온밤을 적십니다.

봄꿩

시뻘건 보리밭 사이로
봄꿩이 운다
꿩꿩꿩
봄꿩이 운다

바람도 없고 별도 없는
야한 밤
핏자국 얼룩진
신화와 같은 밤

홀어미 곤궁한 흐느낌 사이로
봄꿩이 운다
저 붉디붉은 보리밭 사이로
봄꿩이 운다

먼 훗날 누가 있어
봄날이 어디서 왔느냐 묻거든
아직도 춘궁(春窮)을 벗지 못한

홀어미
가난한 무릎을 통하여 왔노라
말 전해 주오.

아름다운 글을 쓸 줄 몰라

아름다운 글을 쓸 줄 몰라
그저 가슴으로만 앓습니다

눅눅한 여름이
거미줄처럼 늘어져 있는 외로운 창가
흰 구름 하나 노을의 지평을 향하여
두둥실 떠나갑니다

재떨이에 쌓여진
담배꽁초의 수북한 사색들처럼
그저 더위에 널부러진 추억의 단편들만이
이미 지나가버린 봄날의 침실을 향하여
고개를 끄덕입니다

아름다운 글을 쓸 줄 몰라
그저 가슴으로만 앓습니다

어쩔 수 없는 본능의 아슬함을 붙들고

공중에 그네를 타는 거미들처럼
나는 곡예를 부릴 줄 몰라
오늘도 허물 벗는 애벌레의 모습으로
햇살 속을 알몸으로 뒹굽니다

꽃뱀의 사랑

공복에 지친 배암
하루는 꽃잎을 따먹었네

연분홍 저고리에 새하얀 속살들을
머리를 곤추들고 입술을 들이밀고
달콤하게 달콤하게 꽃잎을 따먹었네

가랑비가 내렸었네
영산홍 가지 위에
툴툴대며 울다 가는 바람

사랑을 속삭였네
어깨를 구부리고 사슴을 흉내 내며
샘물을 퍼마셨네

시리도록 시리도록 투명하기만 하던 사랑
꽃물이 번져갔네
학처럼 나비처럼

하늘까지 번져가는 분홍

이 땅의 갈증 위에
봄밤의 사타구니에
삼각주처럼 펼쳐지던 사랑
꽃잎을 따먹었네.

겨울 목마

어디로 갔을까
내 사랑 겨울 목마
지금 창밖엔 눈 내리고
바람 불고요
세상은 온통 어지러운 은빛 물결인데

벽난로 속의 장작은
잘도 타는구나
가르치는 이 하나 없어도
스스로 몸통을 뒤집으며
잘도 타는구나

미칠 것 같은 욕정과
참을 수 없는 환멸의 어둠을 뚫고
장작은 타는구나
잘도 타는구나

아무도 모르는 연민의 불꽃으로

아프게 아프게 서로를 애태우며
장작은 타는구나 잘도 타는구나

온밤을 하얗게 알몸으로만
알몸으로만 나부껴야 했던 그날 밤
창밖을 가르던 겨울바람 소리는
난로 속 장작불보다 더욱 뜨겁게 타올랐다.

교생일기 하나

햇살 창가에 가득하고
모두들 나른한 오후인데

부지런히 교무실 바닥을 청소하는 여학생
스타킹 종아리에 빵꾸가 났다

빵꾸는 빵꾸인데 마침
그 빵꾸난 자리에
까만 점이 하나 박혀 있다

어찌나 예쁘고 앙증맞던지
피식 웃음이 나왔다

이것이 어릴 적 너의 모습이라 생각하니
말할 수 없는 연민의 정이 솟아올랐다

재빨리 매점 가서
스타킹 한 다스 사다줬다.

처마 밑 풍경

제비는 비가 온다고
재잘재잘

서쪽에서 구름이 몰려온다고
대잘대잘

처마 밑이 시끄러워
문득 올려다 본 하늘

울 엄니 멍울진 가슴처럼
시꺼먼 하늘

종일을 퍼붓고도 모자라
제비는 내일 또 비가 온다고
조잘조잘

밤 같은 한낮을 무릎 속 깊숙이 파묻고
계집은 떠난 님 그리워

지지배배 지지배배

나무도 사랑을 한다

나무도 사랑을 한다
밤마다 서로를 손짓해 서로를 부르며
격렬한 사랑을 이야기한다

달 밝은 밤이면 더욱 눈부신 나신으로
어두운 밤이면 더욱 은밀한 몸짓으로
격렬한 사랑을 이야기한다

나무도 사랑을 한다
온밤을 눈물로 지새운 당신을 향한
내 그리움의 몸짓처럼

밤마다 서로를 부르며
서로를 껴안고 뿌리째 뽑히는
격렬한 사랑을 이야기한다.

꽃비 내리는 날

새하얀 꽃비가 세상을 물들일 때는
우산을 쓴다
투명한 비닐의 우산을 쓴다

우산 속에서 우리는
하나가 된다
하나가 되어서 연분홍 꽃비를 맞는다

새하얀 꽃비가 세상을 물들일 때는
우산을 쓴다
투명한 비닐의 우산을 쓴다

우산 속에서 우리는
하나가 된다
그렇게 그렇게 하나가 되어서
풍경 속을 멀어져 간다.

사랑하는 사람의 앞에서는

사랑하는 사람의 앞에서는
투정을 부리지 않는다
은은한 수묵화의 채색처럼
색감을 뽐내지도 않는다

사랑하는 사람의 앞에서는
나는 늘 강물이 된다
그 사람이 물꼬를 터주는 대로
흐르는 강물이 된다

흐르고 흘러서
사랑하는 사람의 대지를 타고
나는 바다에 이른다

두 손 꼬옥 잡고 바다에 이르러
떠오르는 해를 본다
그렇게 둘이는 종일을 햇살 속에 노닐다가

석양에 노을이 질 때
한 사람은 떠나고 한 사람은 남는다
남아서 노을의 해변을
끝까지 바라다본다.

|해설| 호병탁 시인 · 문학평론가

균열의 역사에서
'시간의 작은 절망들'을
발견하는 시인의 눈

균열의 역사에서 '시간의 작은 절망들'을 발견하는 시인의 눈

1

전병조의 작품을 독서하다보니 "객관적 실재란 결코 존재하지 않는다. 창조 의지에 따라 새로운 세계를 끊임 없이 만들고 고치고 다시 세우는 인간 의식만이 존재할 따름"이란 말이 떠오른다. 그의 작품에는 기존의 전통이나 인습을 배제하는 몸짓이 여기저기에서 보인다. 그의 관점에서 보면 우주나 자연 또는 삶의 실재는 객관적으로 묘사할 만큼 그렇게 고정불변하지 않고 끊임없이 변화한다. 여기에 시인의 주관적 의식까지 부가한다면 '현실의 객관적 실재'를 그대로 모방한다거나 재현해낸다는 것은 불가능한 일에 다름이 아니다. 이런 관점에 따라 종래의 시공간에 대한 전통적 사고는 버려진다. 작품 구성에 있어서 논리적 일관성이나 유기적 통일성은 배제되는 것이다. 대신 의식 내면에 흐르는 감각, 감정, 기억, 연상, 인상이 '내적 독백'과 같은 방법으로 표출된다. '자기 반영성'이다. 즉 자신만의 내부의식의 '위상과 특성'을 주시하며 이것들을 의도적으로 작품 안에 반영시키는 것이다. 따라서 '리얼리즘의 사실적 재현성'과는 거리가 멀어질 수밖에 없다. 다시 말하자면 시인은 '모던' 내지는 '포스트모던'식의 글쓰기를 보여주고 있다고 할 수 있다.

우선 이번 시집의 제목이 되기도 하는 작품 「참새의 지저귐에 대한 보고서」를 보며 논의를 계속하기로 하자.

밤꽃 싸한 냄새가 난다. 나뭇잎 사이로
문득 내비치는 달이 드물게 아름답다

사색은 어둠 속에서 더욱 커지는 기차소리를 닮아간다
말없이 덜컹대며 어둠을 꿰뚫고 달려가는 한 줄기 불빛
둘이서 걷다가 한 개가 되어버린 눈 위의 발자국처럼
기차는 한 줄기 불빛을 남기며
과거로 혹은 미래로 치닫는다
과거가 없으면 미래도 없으므로,
참된 미래의 의미는
과거에 바탕을 둔 현실에 존재한다고
참새 쩍쩍 어둠 속에서 재잘댄다

그녀의 몸에서 끈적이는 풀잎의 진액이 묻어난다
그리고 그녀의 말에서 시간은 조각조각 끊어져 나간다
시간을 훔치던 눈물의 의미는 이제
지나간 세대의 이야기들이다
그녀의 이마에서 바람이 인다 잔잔한
나는 눈을 감고
조용히 윙윙대는 바람소리에 온몸을 기대본다
기분 좋은
꿀벌들이 선회하는 소리

도시의 불빛을 받아 흐리게 변해버린 연두빛 하늘 아래
당신은 밤새도록 한 떨기 구름으로 떠 있다
시간의 꼭대기에서 부스스 부셔져 내리는 안개꽃 한 다발
당신이 생각날 때마다 나는
더욱 쓸쓸해진다

달리는 자가용의 불빛에 부딪쳐
가로수가 조용히 실루엣처럼 스러져 지나친다
가로수 등걸에 머리를 기대고
삶은 평범한 일상을 되풀이 하는 것이라고
억양도 없는 젖은 목소리로 당신은 말을 한다

사랑은 이제 그만 하고 싶다

그리고 평범한 일상을 되풀이하면서 얻어지는
조그만 행복에 깃털을 묻고 싶다
그리고 불빛이 돔을 이룬 저 도심의 하늘 아래
그녀가 자유로이 비행할 수 있을 만큼의
아주 조그만 행복의 공간만을 가지고 싶다고
참새는 봄날의 유리창에 대고 입술을 봉긋이고 있다
　　　 —「참새의 지저귐에 대한 보고서」전문

작품은 "나뭇잎 사이"로 "문득 내비치는 달"이 서정적으로 다가오는 숲의 정경을 감각적으로 묘사하며 문을 연다. 고요한 밤의 세계다.

그러나 이어지는 둘째 연에서 우리는 갑자기 '기차소리'를 듣게 되고 "덜컹대며 어둠을 꿰뚫고 달려가는" 기차의 "한 줄기 불빛"을 보게 된다. 느닷없이 바뀐 정경에 약간 의아한 느낌도 들지만 있을 수 있는 일이다. 밤기차는 어두운 들판도, 산길도, 숲 사이도 달릴 수 있는 것 아닌가. '한줄기 불빛'을 내비치며 밤의 숲 속을 달리는 기차는 서정적 분위기를 강화시킬망정 약화시키지는 않는다. 더구나 이 불빛은 "둘이서 걷다가 한 개가 되어버린 눈 위의 발자국" 같다고 선연한 심상의 비유로 아름답게 표현되고 있지 않은가.

그런데 시인은 느닷없이 이 불빛이 "과거로 혹은 미래로" 치닫고 있다고 말한다. 더구나 "과거가 없으면 미래

도 없으므로/ 참된 미래의 의미는/ 과거에 바탕을 둔 현
실에 존재"한다고 참새의 재잘대는 소리를 빌려 발화하
고 있다. '시간'에 대한 이런 갑작스런 '관념적 발화'는
이미 '달빛 숲 속'이 아니라 시인의 '의식 속'에서 비롯
된 것임을 우리는 즉시 감지하게 된다. 그렇고 보니 이
연에 등장하는 첫 번째 어휘는 '사색思索'이다. 이 말은
사물의 이치를 따져 깊이 생각함을 의미한다. 시인은 자
신의 사색이 "어둠 속에서 더욱 커지는 기차소리를 닮아
간다"고 말했다. 그렇다면 이미 둘째 연 시작부분부터
시인은 자신의 내면의식이 바로 표출될 것임을 말하고
있었던 것이 아닌가.

　우리는 기차의 "한 줄기 불빛"이 어찌하여 "과거로 혹
은 미래로" 치닫게 되는 것인지 알 수가 없다. 의식의 내
면세계가 표출되어 그런 것이라고 수긍하면서도 왜 그래
야만 하는지 시인의 개연적 설명을 기대하며 다음 연으
로 바쁘게 시선을 돌린다.

　그러나 셋째 연에서는 우리의 기대와는 전혀 다르게
"그녀의 몸에서 끈적이는 풀잎의 진액"이 묻어나고, "그
녀의 말에서 시간은 조각조각 끊어져" 나간다는 발화가
터진다. 그리고 "시간을 훔치던 눈물의 의미"는 "지나간
세대의 이야기들"이라는 발화가 이어진다. "풀잎의 진
액"은 무엇이고 "조각조각 끊어"지는 '시간'은 또 무엇
인가. 양자의 사이에는 도대체 어떤 의미의 연결고리가

있는 것인가. 또한 이 말들은 '눈물의 의미가 지나간 세대의 이야기들'이라는 의외의 정의와는 어떤 관계를 맺게 되는 것인가. 게다가 앞 연의 "한 줄기 불빛"과는 또 무슨 연관성을 가지는 것인가.

2

유기적 객관성이 단절된 언어들은 서로 연결이 되지 못하고 우리는 독해의 난관에 봉착하고 만다. 혹 어떤 단서라도 찾을 수 있을까 다음 행을 살펴보지만 화자는 눈을 감고 "조용히 윙윙대는 바람소리"에 몸을 기대고 있을 뿐이다.

독서를 계속하기 위해서는 우리는 여기서 작품의 독해 방식을 바꿔야할 필요성을 절감한다. 앞서 언급한 것처럼 '자기 반영적'인 포스트모던 글쓰기 스타일을 보여주고 있는 전병조의 작품은 논리적 일관성이나 유기적 통일성이 배제되고 대신 의식 내면에 흐르는 정서와 감정이 비순차적으로 표출되고 있다. 다시 말하자면 조각난 '의식의 흐름'이 무질서하게 '파편적'으로 나타나고 있는 것이다. 바로 이런 이유로 우리의 작품읽기는 계속되기가 어려울 수밖에 없다.

물론 독자의 접근을 힘들게 하는 난해한 현대시는 많

다. 형식과 화법을 전복시켜 장르를 혼동케 하는 시도 있고, 각주가 잔뜩 달려 논문을 방불케 하는 시도 있는가하면 숫자와 기호가 잔뜩 뒤섞여 구성된 시도 있다. 또한 작품 전체가 언어적 콜라주에 해당하는 시들도 있다. 나는 이런 시를 익숙한 일상 감각의 동질성을 해체하고 비가시적, 비언표적인 감각영역을 보여주고자 의도적으로 이런 '의미의 불투명함'을 채택하였다고 이해하고자한다. 그러나 일반 독자들이 이런 난해한 시를 이해하기 위해 오래 머리를 싸매지는 않을 것 같다. 그리고 그럴 의무도 없다.

그러나 전병조의 작품은 이런 전위적이라고 할 수 있는 현대 시편들과는 궤도를 달리한다. 감각을 무시하는 것이 아니라 오히려 "나뭇잎 사이로 문득 내비치는 달" 이나 "둘이서 걷다가 한 개가 되어버린 눈 위의 발자국" 같이 그 감각적 이미지가 빛을 내며 반짝이고 있다. 어휘들은 사전적 정의로 명확히 풀이되고 어법도 통사적, 지시적 관계를 벗어나지 않는다. 절대로 요령부득의 전위적 시는 될 수 없는 것이다.

그럼에도 파편처럼 흩어져 표출되는 시인의 내면의식을 순차적으로 결합하여 독서한다는 것은 지난한 일이다. 난해성이 대두되는 것은 어쩔 수 없다. 우리는 논리가 결여된 작품진행으로 작품 중반에서 이미 독해에 어려움을 겪고 있다.

그렇다고 해서 포스트모던의 글쓰기 스타일이 원래 이런 것이라며 두리뭉실 적당히 넘어갈 수는 없다. 이는 이 시를 읽는 수많은 독자에 대한 예의가 아니다. 많은 평론가들이 잘 알지 못하는 글에 아는 체하며 해체론을 들먹이고 나아가 다다를, 미래파를, 초현실주의를 불러내온다. 그렇다보면 텍스트 자체는 물론 그에 대한 평설도 암호 같은 소리를 지껄이며 함께 놀고 있다. 그러면 일반 독자들은 어쩌란 말인가. 부유하는 언어들만 멍하니 바라보라는 말인가. 독자들은 결국 책을 내던져 버리고 말 것이다.

작품이 쉽게 독해되기를 거부한다면 이런저런 이론을 들이댈 것이 아니라 앞서 말한 대로 '독해방식'을 바꿔서라도 그 '작품' 자체를 계속 물고 늘어져 파고들어가야 한다. 작품 하나라도 독자들이 제대로 이해할 수 있게 해야 동일한 스타일로 쓰인 다른 작품들 역시 이해할 수 있게 될 것이 아닌가.

여기서 한 마디 참고의 말을 해야 할 필요성을 느낀다. 그것은 하나의 작품에 하나의 절대적 의미는 없다는 것이다. 텍스트의 잠재적 가능성은 독자의 독서에서 이루어지는 개성적 실현이라 할 수 있다. 따라서 독자의 독서 상황이나 태도의 차이에 따라, 지식수준이나 가치평가의 차이로 인해 작품의 의미도 달라질 수 있다. 심지어 같은 작품을 같은 독자가 읽더라도 처음 읽을 때와 다시 읽을 때, 혹은 어렸을 때와 어른이 되어 읽을 때는 다른 의미 경험을 하게 된다. 독서 행위는 작품의 의미와 결부되어 있지만 '의미 파악' 그 자체만은 아니다. 지금까지 대개의 독서는 작가가 텍스트에서 의미하는 것은 무엇인가를 밝히려는 시도로 일관되어왔다고 해도 과언이 아니다. 과거의 전통 비평에서처럼 한 편의 텍스트에 하나의 '유일한 의미' 즉 하나의 진리가 내재해 있다는 주장은 적절치 않다. 이런 자세는 물론 의미론적 요소들이 큰 역할을 하는 것은 사실이지만 텍스트라는 것이 오직 하나만의 의미를 감추고 있는 '문서'에 불과한 것은 아니지 않는가.

필자도 여러 독자 중의 하나에 불과하다. 일단 시인이 언제 어디서 어떻게 지냈으며 어떤 작품을 발표해왔는지 그의 전기적 사실에 대해서는 눈을 감기로 했다. 또한 그동안 시인의 작품에 대해 비평가들이 어떤 평가를 해왔는지에 대해서도 귀를 막기로 했다. '나'라는 독자 앞에 스스로를 개방하고 있는 독서 대상물은 그 내용이 파악되는 순간부터 하나의 '의식'을 가진 존재가 되어 그 의식을 나 역시 의식하게 한다. 일체의 사전 정보를 배제한 상태로, 그야말로 순수한 두 의식의 동화로 시인과 함께 창작과정을 함께 완수해보기로 작정한다.

3

시인은 객관적 언어의 연결에 따른 '의미의 창출'을 목적으로 하는 것이 아니라 감각적 심상을 파편처럼 나열함으로 어떤 '상징의 창출'을 목적으로 글을 쓰고 있는 것 같다. 즉 시인은 서로 다른 이미지를 결합하여 하나의 상징을 만들고자 한다. 전병조의 작품이 구체적이고 강한 심상을 사용하고 있지만 그 의미해석이 힘든 것은 바로 이런 이유 때문일 것이다. 그러나 결국 이 상징은 어떤 분명하고 명확한 의미를 가지고 있는 것은 아니지만 독자들이 나름대로 해석할 수 있는 일종의 '틈새'를 남긴다. 독자들은 나열된 서로 다른 이미지를 스스로 심리적 연결을 하고 결합을 시켜야하고 그 과정에서 이 '틈새'를 찾아내야 하는 것이다. 단 시인이 만들고 있는 이 해석의 틈새는 우리가 충분히 합리적으로 사유할 수 있는 것들이다.

위 작품에는 '시간'이란 어휘가 반복하여 등장한다. 시간의 철학적 정의는 과거 · 현재 · 미래가 무한하게 연속되는 것을 의미한다. 그래서인가. 작품에는 시간과 직결이 되는 어휘들 또한 다수 등장하고 있다.

이 '시간'이란 말은 작품해석의 틈을 만드는 결정적 기능을 수행한다. 칸트는 『순수이성비판』에서 시간이란 사물 '자체의 형식'이 아니라 사물의 '파악방식의 형식'

이라는 점을 주장하며 시간의 '선험성'을 강조했다. 그리고 시간의 '선험적 판단'은 거기에 내재하고 있는 '일반운동학'을 가능하게 하는 것이어야 한다고 주장했다. "어둠을 꿰뚫고 달려가는" 기차의 "한 줄기 불빛"은 물리적 '운동' 중에 있는 '현재'다. 그러나 우리가 그 운동을 인식하는 순간 그것은 이미 '달려 간' 과거가 되고 만다. 동시에 그것은 즉시 미래를 향해 달려가고 있는 상태이기도 하다, 이런 현상은 "둘이서 걷다가 한 개가 되어버린 눈 위의 발자국"과도 연계된다. 둘이 눈길을 걷고 있다. 이는 현재진행중인 운동이다. 발자국이 남는다. 그러나 그 발자국은 이미 '찍혀' 한 개가 되어버린 과거의 발자국이다. 그리고 그 발자국의 운동은 한 개로 뭉개지든, 다시 두 개로 나뉘든 반드시 미래로 계속될 것이다.

이제 "한 줄기 불빛"과 "눈 위의 발자국"을 통해 우리는 시인의 시간에 대한 사유를 감지한다. 이 두 경우를 다시 생각해보면 불빛이든 발자국이든 지금 내가 보고, 듣고, 느끼는 모든 외부세계는 지금 '현재'의 것이다. 그것은 '과거'로 연결되며 또한 '미래'로도 연결된다. 그럼에도 실상 현재만이 '시간'으로서 우리에게 직접적으로 파악된다. 따라서 과거도 미래도 모두 현재를 위한 부수적 시간 양태라고 파악되는 것이다. 이는 니체의 '영원한 현재'라는 개념과도 마찬가지 아닌가. 이런 시인의 시간에 대한 관념은 "과거가 없으면 미래도 없으므로,/ 참된 미래의 의미는/ 과거에 바탕을 둔 현실에 존재"한다는 문장에서 결정적으로 드러난다.

작품 해석의 단초가 되는 '시간'이란 틈새를 찾았으니 이후의 문장은 비교적 수월하게 독해된다. 셋째 연에서 그녀의 몸에서는 "풀잎의 진액이 묻어"난다고 한다. 풀잎의 진액은 결코 나쁜 냄새가 아니다. 오히려 상큼한 좋은 냄새를 풍긴다. 여하튼 '그녀의 냄새'든 "그녀의 말"이든 그것은 '현재의 일'이지만 앞서의 '불빛'과 '발자국'과 마찬가지로 바로 과거와 미래로 연결된다. 그러나 하나의 '운동 상황'으로 볼 때 이 말은 동시에 시간이 분절되어 "조각조각 끊어져" 나감을 의미하기도 한다. 시인은 이어 "시간을 훔치던 눈물의 의미"는 "지나간 세대의 이야기"라는 발화를 한다. '훔치던'은 과거형의 동사다. 따라서 그것이 '지나간' 세대의 이야기라는 말은 옳다. 그렇다면 자신의 현재 세대의 이야기는 '눈물' 대신 '웃음과 행복'이 넘치는 이야기란 말인가. 시인의 높은 의식수준을 볼 때 그렇지는 않을 것이다.

넷째 연의 독해는 용이하다. 대신 작품의 미적 형상화에 큰 역할을 하는 이미지와 비유가 빛을 발한다. 밤하늘은 어둡다. 그러나 도시의 밤하늘은 휘황한 불빛으로 검은색이 아닌 연두색으로 물든다. "도시의 불빛을 받아 흐리게 변해버린 연두빛 하늘"은 참 고운 심상이다. 당신은 그 하늘에 "밤새도록 구름으로 떠" 있지만 "부스스

부서져 내리는 안개꽃 한 다발"과도 같다. '밤새도록'이
란 말은 "부서져 내리는" 꽃에 비해 시간적으로 훨씬 긴
시간이다. 그럼에도 '구름'과 '안개꽃'은 동격이 되어 결
합되고 있다. '아이러니'가 꿈틀 일어난다. 그러나 앞서
언급한대로 '시간'이란 사물 '자체의 형식'이 아니라 사
물의 '파악 형식'이라는 점을 환기한다면 그럴 수도 있
는 일이다. 여기서 시인은 "부스스 부셔져 내리는 안개
꽃 한 다발"이라는 비유를 창출하는데 이 또한 얼마나
아름다운 비유인가.

　　시인의 의식 속에 시간에 대한 사유는 확장되어간다.
앞에서 눈물의 시간은 '지나간 세대'의 것이라고 했는데
그렇다면 '웃음의 시간'은 자신의 현재 세대만의 것인가
를 묻고 그렇지는 않을 것이라 했다. 맞다. 시인은 행복
이 넘치는 시간을 바라지는 않는다. 이어지는 연에서
"삶은 평범한 일상을 되풀이 하는 것"이라고 말하며 시
인은 그런 일상에서 발생하는 "조그만 행복"이라도 얻을
수 있다면 다행으로 생각하고 있다. "평범한 일상"과 "조
그만 행복"은 마지막 연에서도 재차 반복되고 있다. 그
렇다. 시인은 "평범한 일상을 되풀이하면서 얻어지는/
조그만 행복"의 시간을 원하고 그곳에 자신을 "묻고" 살
고 싶을 뿐이다. 그것은 바로 "그녀가 자유로이 비행할
수 있을 민큼의/ 아주 조그만 행복의 공간"일 뿐인 것이
다.

그런데 시인의 시공과 삶에 관한 여러 내부의식은 놀랍게도 참새의 지저귐을 통해 발화되고 있다. 물론 화자 자신과 '당신' 혹은 '그대' 등의 발화자가 있지만 이는 의식 안의 세계에서 형성된 것이고 문장을 통한 표면적 발화자는 참새다. 시제가 「참새의 지저귐에 대한 보고서」다. 제목 그대로 이 사유 깊은 철학적 관념은 참새의 보고형식으로 표출되고 있는 것이다. 글의 초입에서 참새는 "참된 미래의 의미는/ 과거에 바탕을 둔 현실에 존재"한다며 재잘댄다. 그리고 글의 끝부분에 다시 등장하여 "평범한 일상"의 "조그만 행복"에 대해 "입술을 봉긋이고 있다." '참새의 지저귐'과 '철학적 통찰'이 한 목소리로 결합하며 발화되게 하는 것은 얼마나 파격적인 미학적 상상력인가.

4

작품 해석은 이 정도로 대충 끝이 난 것 같다. 그런데 내가 위의 작품 하나를 붙들고 많은 지면을 할애하고 있는 이유가 있다. 시집에 담긴 작품들은 전체적으로 의식의 토로 방식이나 그 표현방법에 균질성을 보이고 있다. 작품들은 또한 상당히 긴 편이다. 따라서 많은 작품을 인용하여 평을 하고자 욕심 낼 일이 아니라는 생각이 들었다. 시편 하나라도 성실한 수고를 바쳐 제대로 읽어 내야 다른 시들의 독해에 결정적 도움을 줄 수 있다는 믿음도 있었기 때문에 위 작품에 많은 지면을 할애하게 된 것이다.

시 하나 더 보자. 여기저기 뒤적일 것도 없이 시집 첫 번째 등장하는 작품을 보자.

그대 외로울 땐
땀에 젖어 끈끈한 일상의 술잔 위로 비를 뿌려라
어둠이 하늘로부터 내려와 모든 걸 덮어버리는
이 도심의 외곽진 숲속에서
어둠의 일부가 되어버린 나뭇잎 사이로 별빛 하나 반짝인다

언뜻 눈앞을 스치는 그 무엇이 보인다
그것은 풍경도 아니고 움직이는 그 무엇도 아니었다
어두운 섬 그늘에 그것은
누구나 한번쯤 스쳐야 할 순간이요
변화하는 삶 그 자체였다

군데군데 빛을 내는 섬들의 사이로
과거로 미끄러져 들어가는 기차가 달린다
날리는 기차의 전조등 앞에서
모든 것은 한 자리에 머물 수 없노라고

바람이 윙윙대며 제자리 맴을 돈다

낙엽
우리는 누구나 한 번씩 가슴을 뒤척일 때마다
강이 되어 흐르는 시간의 작은 절망들을 본다
미세한 균열로 이루어진 변화와 진화의 역사
풀잎이 종아리를 걷고 바람에 온몸을 끄덕인다
젖은 생명들의 그윽한 신음소리 속에서
깊숙한 호흡을 가다듬으며 송장메뚜기가 뛴다
멀린 듯 가까이에서 죽음은
가끔씩 자신의 존재를 확인해 본다

쪽배가 미끄러지듯 밤하늘 달이 뜬다
꿈은 말없는 상징 속에서
끊임없이 자신의 존재를 재확인해 보는 현실의 달그림자
황막한 섬 기슭에 달이 차면
따뜻한 밤바람을 등에 지고 가만히 다가오는 희미한 등불
하나
불현듯〈그것은 그대를 향한 내 그리움의 물결입니다〉하고
파도가 소리를 지르며 높은 바위벽에 부서진다
거친 바다를 항해하던 소리의 파편들이
내게로 다가와
재생의 시련을 격고 있는 구조의 뼈아픈 이중분화

파도는 찢겨져 실상 하나가 된다

새벽을 알리는 교회의 종소리가 들린다
그 첨탑에서 울리는 은은한 종소리를 들으며 나는 문득
어둠을 가르며 번득이는
자객이 휘두른 칼보다 더욱 뜨겁고 차가운
그 무엇인가가 등골을 스치며 중추로 스며드는 듯한
섬뜩한 환각에 온몸을 부르르 떤다

어둠의 길고 긴 비늘을 벗기며 태양이 떠오른다
천천히 지평을 가르는 미광 한 자락
도심의 어둠은 아직도 간밤의 환락을 버리지 못한 듯
곳곳에 자신의 존재를 남기며 서서히 시들어 간다

해변을 끼고 도는
낙엽 진 공원의 벤치에 앉아 나는 밤새도록 술을 마셨다
나는 어둠과 함께한 외로운 내가
죽도록 미웠던 것이다
　　─「낙엽 진 공원의 벤치에 앉아 나는 밤새도록 술을 마셨다」
　　　전문

　다시 강조하거니와 전병조 시의 의미는 언어들의 선線
적인, 즉 순차적 연결에 따라 찾으려 해서는 안 된다. 그

208

의 작품은 고정되지 않고 끊임없이 '유동하고 중첩'되는 의식세계를 표출한다. 시인이 선명하고 강한 이미지를 사용함에도 불구하고 그 의미해석이 힘든 것은 바로 이런 '자기 반영적'인 의식의 흐름이 순서 없이 나열되고 있기 때문이다. 그러나 이미지는 다른 이미지와 결합하여 상징을 만들고 이는 해석의 '틈새'를 만들어낸다. 우리는 앞에서 독서 방식의 관점을 바꿔 그 틈새를 찾아 작품의 해석을 시도하였다. 이 작품 역시 그렇게 읽어낸다면 큰 대과는 없을 것이다. 따라서 이번에는 연과 행의 해석 대신 글 전체에 나타나는 시인의 '사유와 관념'에 대해 논의해보기로 한다. 이 과정에서 그의 '모던한 글쓰기'의 특징과 예술적 형상화의 장치 또한 드러날 것이다.

　여덟 연이나 되는 긴 시다. 시는 그대가 외로울 때는 "도심의 외곽진 숲속에서" 어두운 "나뭇잎 사이"에 반짝이는 별을 보며 혼자 술이나 한 잔하라면서 문을 연다. 쓸쓸한 분위기다. 이어지는 연에서 "눈앞을 스치는 그 무엇"은 "어두운 섬 그늘에" 누구에게나 "한번쯤 스쳐야 할 순간"이고 "변화하는 삶 그 자체"일 것이라고 관념적인 발화를 시작한다. 우리 앞을 스쳐가며 변화되는 것은 무엇인가. 바로 지금 '현재'도 흘러가고 있는 '삶의 시간'이다. 역시 시인에게 '현재의 시간'은 무엇보다 중요한 화두로 대두되는 것 같다.

우리는 이미 앞의 작품에서 "과거가 없으면 미래도 없으므로,/ 참된 미래의 의미는/ 과거에 바탕을 둔 현실에 존재"한다는 문장에서 결정적으로 시인의 시간에 대한 관념을 인지한바 있다. 이 작품 넷째 연에서 시인은 "변화와 진화의 역사" 속에서 "시간의 작은 절망들"을 본다고 현재형 발화를 하고 있다. '역사'는 어떤 사물이나 사실의 오늘에 이르기까지의 '변화의 자취'를 말한다. 그러나 시인이 변화의 자취인 역사에서 '작은 절망들'을 보고 있는 것은 언제인가. '현재'다. "풀잎이 종아리를 걷고" 흔들리는 것도, "송장메뚜기가" 뛰는 것도 지금 벌어지고 있는 현재의 일이다. 그래서인가. 시인은 같은 연에서 죽음이 "멀린 듯 가까이에서" 가끔은 "자신의 존재를 확인"해 본다고 우리에게 귀띔하고 있는 것이 아닌가.

비평가의 본질적인 책무는 '한 작가가 인간의 시간성과 장소에 대해 갖고 있는 관심을 살핌으로써 작품의 전체적인 의미를 분별하는 것이다'라는 말이 있다. 이런 전제가 아니더라도 당연히 비평가는 작품의 구성 원리로서의 시간 양상과 그 관계에 대해 관심을 기울일 수밖에 없다. 시인의 작품들은 '시간'이 그 주요 주제가 되고 있음을 분명하다. 이는 시인이 심지어 「풀잎을 스치며 흐르는 시간의 단상들」이라는 장문의 작품을 쓰고 있는 것만 보아도 확실하다. 시의 일부분만 인용한다.

시간은 우리들에게/ 신의 가장 견고한 축복 속에서 맺어진 사랑이라 할지라도/ 한순간 가장 손쉽게 깨어질 수 있다는 사실을 상기시켜 준다/ 꽃봉오리는 항상 터지길 기다리고 있음으로/ 사랑은 항상 터지면서 완성된다// 내가/ 오늘 본 너의 얼굴은/ 어제 본 너의 얼굴이 아니다/ 지금 바라고 있는 저 밤하늘의 별들도/ 어제 본 그 별들이 아니다

어떤 설명도 필요 없이 감각적으로 아름답게 표현된 옳은 말이다. 그렇다. 우리는 '살아있기' 때문에 지금 '살고' 있다. '살았던 날'은 갔다. '살아야하는 날'은 아직 오지 않았다. '살아있으니 사는' 날은 바로 '현재의 오늘'이다.

5

이 작품 셋째 연에서는 "군데군데 빛을 내는 섬들의 사이로/ 과거로 미끄러져 들어가는 기차"가 등장한다. 그리고 그 "기차의 전조등 앞"에 "모든 것은 한 자리에 머물 수" 없다고 바람이 윙윙대며 맴을 돈다. 기차의 전조등은 무엇인가. 갑자기 우리는 앞 시에서의 '기차의 한 줄기 불빛'을 떠올리게 된다. 더구나 그 기차 역시 "과거로 혹은 미래로" 치닫고 있지 않았던가. "윙윙대는

바람소리" 역시 마찬가지다.

어떤 텍스트가 다른 텍스트를 인용하거나 변형시켜 서로 관련을 맺는 '상호텍스트성'은 포스트모던의 가장 핵심적인 지배소의 하나다. 흔히 '모자이크'에 비유되기도 하는 이 상호텍스트성은 많은 전병조의 작품에서 서로 연계되고 있다. 이는 본문을 일일이 인용할 필요도 없이 시제들만 살펴보아도 확연하게 나타난다.

우선 기차와 관련되는 시제를 보면 「기찻길 옆 가로수 풍경이 있는 길을 걸으며」, 「브루클린으로 가는 마지막 기차를 타고」, 「기차는 구부러진 길을 달린다」 등이 눈에 띈다. 이 작품의 제목은 「낙엽 진 공원의 벤치에 앉아 나는 밤새도록 술을 마셨다」이다. '술 마시는 것'은 '알코올'을 체내에 흡입시키는 것에 다름 아니다. 그래서인가. 「어느 알코올 중독자의 죽음」, 「어느 알코올 중독자의 밤」이란 시제들도 눈에 띈다. 앞의 작품에서는 나뭇잎 사이로 "문득 내비치는 달"이 뜨더니 이 작품에도 "섬 기슭에 달"이 차고, "현실의 달그림자"가 지고, "쪽배가 미끄러지듯 밤하늘 달"이 뜨고 있다. 외부 텍스트에도 「낮달 1」, 「낮달 2」, 「달빛 흐르다」 등, 달과 관련된 시제들이 고개를 내밀고 있다. 이 글의 "그대를 향한 내 그리움"도, 앞글의 "조그만 행복의 공간"을 둘이 함께 하고 싶은 것도 '사랑'에서 비롯되는 것이다. 이런 사랑의 시제 몇 개만 뽑아보아도 「내 사랑의 눈물은」, 「첫사랑 바닷가」, 「사랑은 강물처럼」, 「사랑의 전봇대」, 「사랑은 비를 타고 온다」, 「나무도 사랑을 한다」와 같은 텍스트들이 서로 연계되고 있다. 시제만으로도 이 정도니 본문의 상호텍스트성은 서로 관계하며 얼마나 많이 상호작용을 하고 있을 것인가. 그리하여 시인의 사유와 관념은 마침내 '시간'이 그 주요 화두가 되면서 커다란 파고로 작품들 전체에 물결치게 되는 것이다.

6

문학은 삶에서 구할 수 있는 즐거움의 하나이고 비평가는 당연히 그 아름다움을 밝혀 독자와 함께 즐겨야한다. 그런데 그 아름다움은 작품의 '예술적 형상화' 과정에서 채택되는 심상, 비유, 아이러니 등 여러 문학적·수사적 장치에서 비롯된다. 나는 앞서의 작품을 분석하며 이미 이런 아름다운 문장을 만날 때마다 그 심미적 장치를 언급한바 있다. "둘이서 걷다가 한 개가 되어버린 눈 위의 발자국"이나 "도시의 불빛을 받아 흐리게 변해버린 연두빛 하늘"의 선연한 감각적 심상, "부스스 부셔져 내리는 안개꽃 한 다발"의 아름다운 비유, "밤새도록" 떠있는 구름과 "부셔져 내리는" 꽃에서의 강한 시간적 완급의 대조로 발생하는 '아이러니' 등이 그런 경우다. 지금 인용되고 있는 작품에서도 우리를 놀라게 하는 심미적 장치들은 많다. 넷째 연에서는 "풀잎이 종아리를 걷고" 바람에 온몸을 끄덕인다. "송장메뚜기"는 "호흡을 가다듬으며" 뛰고 있다. 또한 다섯째 연에서는 "희미한 등불 하나"가 "밤바람을 등에 지고" 가만히 다가오고 있다. 직접 보는 듯 시각적 심상이 뛰어난 표현들이다. 사물에 인간의 인격과 속성을 부여한 '의인화'로 상황을 서정적으로 실감나게 그려내는 '동사의 은유법'이라 할 수 있다.

그런데 의외의 표현들이 우리의 눈길을 끈다. 시인은 자신의 작품에 속어나 비어들이 동원되는 것은 삼가는 자세를 보인다. 작품의 고답성과 순수성을 견지하기 위해서인 것 같다. 따라서 관념어가 견인되는 것은 자연스런 일이다. 여기서 중요한 점은 자칫 머리를 싸매게 하는 관념어도 적절한 어휘와의 조합으로 얼마든지 아름다운 시적 문장으로 변모될 가능성을 보여주고 있다는 점이다. 넷째 연의 "흐르는 시간의 작은 절망들", "미세한 균열로 이루어진 변화와 진화의 역사"와 같은 시구, 다섯째 연의 "재생의 시련을 겪고 있는 구조의 뼈아픈 이중분화" 등의 문장 등이 바로 그런 예라 할 수 있을 것이다.

한 마디로 '시인은 자신의 내면의식과 그 미묘한 파동을 심미적으로 그려내기 위해 고도의 수사적 장치를 견인하고 자신만의 독창저 문체를 최대한 밀어붙이고 있는 것이다.

7

　지금까지 전병조의 작품에 나타나는 포스트모던 특징들, 즉 '자기 반영성' 및 '상호텍스트성'을 합당한 분석틀로 차례로 살피고자 하였다. 또한 작품의 '예술적 형상화'를 위한 여러 문학적 장치도 논의해보고자 하였다. 많은 지면을 썼지만 결국 작품 두 개에 집중하고만 셈이 되고 말았다. 많은 작품들을 인용한다고 해서 바람직한 일은 아니라는 생각에는 변함이 없다. 위에서 본 것처럼 시인의 어휘와 이미지는 순차적이 아니라 흩어져 반복되고 이는 다른 위치에서 또 다른 어휘, 이미지와 교직된다. 새로 등장하는 어휘와 이미지 역시 동일한 패턴을 취한다. 실상 이런 작품구성은 시인의 '면밀한 기획' 아래 이루어진 또 하나의 문학적 장치로 볼 수 있다. 이런 스타일의 작품은 독서의 집중을 요한다. 이 작품 저 작품을 다수 인용한다면 지면만 낭비하고 혼선만 빚어내기 쉽다.

　전병조의 작품은 쉽게 독해되는 편은 아니다. 그러나 이런 텍스트를 읽는 독자들은 단순히 작품을 수동적으로 받아들이기만 하는 소비자가 아니다. 오히려 그 의미를 능동적으로 창출하는 생산자가 될 수도 있다. 작품집 해설을 쓰고 있는 내가 그런 것 같다.

　모처럼 좋은 독서 기회였다. 계속되는 건필을 기원한다.

참새의 지저귐에 대한 보고서

1쇄 발행일 | 2021년 08월 10일

지은이 | 전병조
펴낸이 | 정화숙
펴낸곳 | 개미

출판등록 | 제313 – 2001 – 61호 1992. 2. 18
주소 | (04175) 서울시 마포구 마포대로 12, B-103호(마포동, 한신빌딩)
전화 | (02)704 – 2546
팩스 | (02)714 – 2365
E-mail | lily12140@hanmail.net

ISBN 979 – 11 – 90168 – 32 – 8 03810

값 10,000원